Edgar Wallace

Nacherzählt von Alex Barclay

Das Silberne Dreieck

Band 4: Der Sänger in der Kirche

Edgar Wallace
Nacherzählt
von Alex Barclay

Das Silberne Dreieck
und
Der Sänger in der Kirche

C. Bertelsmann Jugendbuch

Einbandgestaltung: Klaus Renner unter Verwendung
einer Illustration von Charlotte Panowsky
Gesamtherstellung: Mohndruck Graphische Betriebe GmbH, Gütersloh
ISBN 3-570-08354-3 · Printed in Germany

1. Kapitel
Die letzte Warnung

Gwenda hatte einen Hund. Und der Hund war gut erzogen. Er hieß Frederick. Gwenda nannte ihn aber nur Fred. Morgens, bevor sie Frühstück machte, ließ sie Fred hinaus. Jeden Tag. Auch wenn es regnete. Und während der letzten Tage hatte es fast ständig geregnet. Alles war naß draußen, der Boden aufgeweicht, und die Rinde der Bäume glänzte schwarz. Es war Anfang November, und mit dem Regen kam die Kälte des Winters. Manchmal gefror der Regen, und dann fiel Graupelschnee vom Himmel. Und die Straßen wurden glitschig.

Auch an diesem Morgen ließ sie Fred hinaus. Es war noch dunkel. Sie hörte die kleine Glocke der Kirche, deren Turm hinter einer hohen Mauer aufragte. Nebel lag über dem Land und dämpfte die Glockenklänge. Gwenda wünschte sich manchmal, sie könnte von hier weggehen, irgendwohin, wo sie nicht mehr an die Vergangenheit erinnert wurde. Aber sie konnte nicht weggehen. Sie war wie eine Gefangene hier, im eigenen Haus, das sie mit ihrem Vater bewohnte. Sie konnte zwar in ihrer Freizeit weggehen, nach London fahren und einer Theateraufführung beiwohnen oder einen Einkaufsbummel am Picadilly machen, aber solange ihr Vater hier war, mußte sie wieder zurückkehren. Manchmal träumte sie davon, durch Europa zu reisen, nach Italien, eine Mittelmeer-Kreuzfahrt, Griechenland und die Schweiz. Geld für einen längeren Urlaub hätte sie genug gehabt. Und vielleicht gab es da draußen irgendwo einen Mann, mit dem sie den Rest ihres Lebens hätte zusammensein können, einen Mann, der sie vergessen ließ, was hinter ihr lag.

Gwenda war noch jung. Und sie träumte oft. Und manchmal wachte sie nachts auf, schweißgebadet. Manchmal kam die Angst. Manchmal wünschte sie, alles wäre nichts als ein böser Traum gewesen. Nur ein böser Traum.

Aber an diesem Morgen holte die Vergangenheit sie erneut ein. Fred kam nicht zurück. Nach dem Frühstück, als wieder Nieselregen einsetzte, zog sie den Sportmantel an, den sie bei Newton & Bailey, einem der exklusivsten Modegeschäfte in London, gekauft hatte. Da der Mantel mit einem Cape versehen war, brauchte sie keinen Schirm. Ihr Vater war nicht im Haus. Er hatte ihr aber eine Notiz auf den Frühstückstisch gelegt, in der er ihr mitteilte, daß er am Nachmittag zurück wäre. Er hatte in London zu tun. Das kam nicht oft vor, denn ihr Vater versuchte es immer so einzurichten, daß er nicht von hier wegzugehen brauchte. Er mochte die Stadt nicht.

Gwenda verließ das Haus durch die Vordertür. Der Nebel hing im Tal, strich in wallenden Schleiern den Hängen entlang und durch die kahlen Wälder. Selbst auf dem Kiesweg gab es Pfützen. Gwenda zog den Kopf etwas zwischen die Schultern und ging durch das offene Garagentor auf die schmale Überlandstraße hinaus.

»Fred!« rief sie.

Der Hund ließ sich nicht blicken. Sonst kam er, wenn sie nach ihm rief. Er war ein wohlerzogener und folgsamer Hund.

»Fred!«

Nichts rührte sich. Drüben beim alten Gasthaus stand Zachary McClendon im Nieselregen. Er trug einen dicken grauen Wollpullover mit Rollkragen und eine schwarze ausgebeulte Hose. Früher hatte ihn Vater als Pförtner beschäftigt. Jetzt verdiente er sich sein karges Brot als Gelegenheitsarbeiter.

Zachary McClendon hatte ein schlimmes Andenken aus dem Krieg zurückgebracht. Ein großer Teil seines Unterkiefers fehlte, was ihn dazu veranlaßte, in Gegenwart von anderen nie den Kopf zu heben. Die Kinder fürchteten ihn. Aber hier draußen gab es kaum Kinder. Und deswegen war Zachary McClendon noch da. Weil er den Rest der Welt scheute.

»Zach, hast du vielleicht Fred irgendwo gesehen?« fragte Gwenda.

Zach blickte natürlich nicht auf. Er war dabei, feuchtes Laub vom Kopfsteinpflaster vor der Wirtshaustür zu fegen.

»Der kam hier vorbei«, gab er so undeutlich von sich, daß es nur jemand verstehen konnte, der ihn schon länger kannte.

»Hast du gesehen, wohin er lief?«

»Dort lang«, sagte Zachary McClendon und deutete mit einer Kopfbewegung zum Anfang eines Feldweges hinüber, der den alten Mühlbach entlang zum Forst führte.

Gwenda zögerte einen Moment, bevor sie sich entschloß, nach Hause zurückzukehren. Wahrscheinlich, so dachte sie, würde Fred später zurückkehren. Früher war er oft ausgerissen und hatte im Forst Unruhe gestiftet. Einmal hatte er sogar ein Reh gerissen, und Vater hatte dafür bezahlen müssen, weil Lord Lydford die Jagd gepachtet hatte und sein Oberaufseher der herzloseste Mensch war, den Gwenda kannte. Er hatte einmal mit einer Schrotflinte auf Fred geschossen, und seither hinkte Fred ein bißchen. Die Frau hoffte nur, daß Fred nicht wieder in sein altes Jagdfieber verfallen und zufällig dem Oberaufseher vor die Mündung geraten war.

Bis zum Mittag wartete sie ungeduldig und voller Sorge.

Dann kam der Anruf. Zuerst glaubte sie, es wäre ihr Vater. Manchmal rief er sie an, wenn er weg war. Nur um sich zu vergewissern, daß alles in Ordnung war.

Aber es war nicht ihr Vater.

Es war John. Sie erkannte ihn an der Stimme. Er brauchte seinen Namen nicht zu nennen. Diese Stimme kannte sie unter Tausenden heraus, denn von ihr wurde sie bis in ihre Träume verfolgt.

»Na, Liebes«, sagte er mit jener gespielten Freundlichkeit, in der ein drohender Ton mitschwang, nervös, irgendwie, als fühle er sich in die Enge getrieben. »Dein Vater hat in London zu tun, und du bist allein, nicht wahr?«

»Was willst du, John?« fragte sie. »Mehr Geld? Du weißt doch . . .«

»Mein Liebes, ich weiß nur, daß du niemals mehr versuchen solltest, jemanden zu mir zu schicken.« Der Mann am anderen Ende der Leitung lachte leise vor sich hin. »Ich habe ihn erwischt, wie er versuchte, in meine Wohnung einzubrechen. Weißt du, was ich mit ihm gemacht habe, Liebes?«

Die Frau hielt für einen Moment den Atem an. »Du hast ihn doch nicht etwa umgebracht?« entfuhr es ihr dann.

»O nein, Liebes. Wie du weißt, bin ich nicht unbedingt ein gewalttätiger Mensch und schon gar nicht ein Mörder. Ich habe ihn einfach meinem Freund überlassen, und der hat ihn zuerst verprügelt und ihn dann die Treppe hinuntergeschmissen. Wahrscheinlich wirst du ihn so leicht nicht wiedererkennen.«

»Rufst du deswegen an? Um mir zu drohen?«

»Nein, Liebes, das ist nicht mehr als eine freundschaftliche Warnung.« Er lachte wieder. »Übrigens, weißt du, wo Fred ist, Liebes?«

»Fred? Nein, ich . . .« Sie brach ab, und für einen Augenblick verkrampfte sich alles in ihr. Sie hörte das leise glucksende Lachen im Hörer, und am liebsten hätte sie aufgelegt. Es dauerte nicht lange, bis sie sich wieder soweit gefaßt hatte, daß sie ihn nach Fred fragen konnte.

Sein Lachen wurde gehässig. »Geh zum alten Wehr hoch«, sagte er. »Dort findest du ihn.«

»Hast du ihm etwas – angetan?« fragte sie stockend.

»Liebes, denk daran, daß ich knapp bei Kasse bin«, erwiderte er, ohne auf ihre Frage einzugehen. »Du würdest besser daran tun, wenn du pünktlich bezahlst. Und versuch nie mehr, an das Material heranzukommen. Du mußt wissen, daß ich höllisch aufpasse, denn es ist alles, was mir von dir geblieben ist.« Er lachte wieder. Und Gwenda lief ein kalter Schauer über den Rücken. »Du denkst vielleicht, ich bin verrückt, Liebes. Vielleicht hast du sogar recht. Vielleicht bin ich wirklich verrückt genug, dich eines Tages umzubringen.«

»John, bitte, es muß doch einen Ausweg geben«, stieß Gwenda hervor. »Es kann doch nicht so weitergehen.«

»Du sorgst besser dafür, daß es so weitergeht, Liebes, denn wer wollte schon eine Gans schlachten, die goldene Eier legt?« Das Gelächter am anderen Ende der Leitung wurde schrill und bösartig.

»John! Bitte, John, ich . . .«

Ein leises Klicken gab an, daß die Leitung tot war. Gwenda nahm den Hörer vom Ohr und starrte ihn lange an, bevor sie endlich auflegte. Dann stürzte sie in den Flur, zog den Mantel an und verließ das Haus.

Kalter Regen peitschte ihr Gesicht, als sie hinter dem Wirtshaus den Feldweg hocheilte, der zum alten Wehr führte. Sie lief am Waldrand entlang, zwischen brachliegenden Feldern hindurch. Auf einer Anhöhe blieb sie nach Atem ringend stehen. Unten, in einer schmalen Senke, befand sich das alte Wehr. Aus dem Riedgras ragten morsche Pfosten und Steckbretter. Am Ufer eines Tümpels stand ein halbzerfallenes kleines Haus, das mit Sandsteinquadern aus dem nahen Bruch gebaut war. Niemand wohnte in dem Haus, das nicht einmal mehr eine Tür hatte. Und die kleinen Fensterscheiben waren alle eingeschlagen. Vor Jahren hatten sich einmal zwei entlaufene Sträflinge darin versteckt, aber die Bürger hatten das Haus umstellt, und in der

Nacht, als sie zu entkommen versuchten, ertrank einer von ihnen im Tümpel, und der andere wurde von den aufgebrachten Bürgern am Waldrand aufgehängt.

Das war lange her. Vater hatte Gwenda davon erzählt, und daß die Leute nachts niemals in die Nähe des Wehrs gingen, weil der Tote noch immer im Tümpel lag und seine ruhelose Seele die Gegend unsicher machte.

Gwenda rief nach Fred, während sie den schmalen Pfad hinuntereilte. Vor dem kleinen Haus blieb sie stehen. Außer dem monotonen Rauschen des Regens war kein Geräusch zu hören. Noch einmal rief Gwenda nach ihrem Hund. Dann gab sie sich einen Ruck und ging durch die Türöffnung in das kleine Haus, in dem es nach Moder und Fäulnis stank. Sie sah den Hund sofort. Er lag in einer Pfütze am Boden. Das Blut, das ihm aus dem Fell gelaufen war, hatte das Regenwasser rot gefärbt. Gwenda brauchte nicht näher an ihn heranzugehen, um zu erkennen, daß kein Leben mehr in ihm war. Für einen Moment blickte sie entgeistert auf den Kadaver nieder, dann drehte sie sich um und rannte aus dem Haus.

Gewöhnlich bearbeitete Leon Gonsalez die Fälle, die mit Erpressung zu tun hatten, obgleich er seiner oft ausgesprochenen Meinung nach derjenige war, der sich am allerwenigsten für diese Arbeit eignete. Er war voreingenommen, wenn man so sagen darf, und er machte aus seiner grenzenlosen Verachtung Erpressern gegenüber nie einen Hehl.

Er hatte sich sogar einmal dazu hinreißen lassen, für ein bekanntes Londoner Nachrichten-Magazin einen Artikel zu schreiben, der damals ziemliches Aufsehen erregt hatte. In diesem Artikel schrieb Leon Gonsalez unter anderem, daß es sich bei Gewohnheitserpressern um den übelsten Verbrechertypus handele, gleichzustellen mit Giftmördern und Kinderschändern. »Meiner Ansicht nach gibt es für einen Gewohnheitserpresser nur eine Strafe: den Tod!« schrieb Leon damals, und noch heute wich er keine Spur von dieser Meinung ab. Er gab zwar zu, daß die Gesellschaft gegenüber Verbrechern eine gewisse Verantwortung hatte, von der sie sich durch die Todestrafe nicht so leicht befreien konnte, aber er wollte nicht einsehen, daß man mit Menschen, die anderen soviel Leid und Not zufügten, Erbarmen haben sollte. »Gefängnisstrafen und Irrenanstalten sind auch keine Lösungen«, pflegte er zu sagen, wenn man ihn darauf ansprach, daß die Todesstrafe abgeschafft werden sollte. »Ich halte es sogar für unmenschlicher, jemand hinter Mauern und Gittern ein Leben lang festzuhalten, als ihn mit dem Tod zu bestrafen.«

Nun, in seiner Laufbahn als Detektiv hatte Leon Gonsalez eben oft schlimmste Erfahrungen machen müssen, und so konnte man ihm seine zweifellos kompromißlose Meinung vielleicht nachsehen. Er selbst fand ja oft genug weniger drastische Mittel, mit denen er die ihm so verhaßten Verbrecher bekämpfte.

Daß es ausgerechnet Leon Gonsalez war, der am Morgen per Telefon die Bekanntschaft von Miß Brown machte, war eher ein Zufall. Raymond Poiccart, der sonst die Anrufe entgegennahm, wenn er im Haus war, befand sich auf einem Einkaufsbummel durch die Curzon Street. Wahrscheinlich würde er mit frischen Astern für die chinesische Vase auf dem kleinen Marmortisch zurückkehren.

George Manfred, der dynamische junge Mann, lag nach einer anstrengenden Nacht, die er mit einer seiner zahlreichen weiblichen Bekanntschaften verbracht hatte, noch im Bett, und Leon selbst war dabei, die Morgenzeitung durchzulesen. Er nahm den Hörer ab, ohne aufzublicken, las er doch gerade einen interessanten Artikel über die Zukunftsaussichten der Menschheit im Weltraum. In Gedanken war er in irgendeiner fernen Galaxis, als sich eine etwas rauhe Frauenstimme meldete. Das Wort »Erpressung« löste in

Leons Kopf einen Alarm aus, der ihn sofort in die Gegenwart zurückholte. Aufmerksam, so daß ihm keine Kleinigkeit entgehen konnte, hörte er zu, wie ihn die Frau um eine Unterredung bat.

»Sie dürfen mich gern bei uns in der Curzon Street besuchen, Madam«, sagte Leon, als Miß Brown ihn fragte, wo sie sich am besten mit ihm treffen könnte. »Es ist zwar ein eher bescheidenes Haus, aber seien Sie versichert, daß es uns nicht schwerfallen wird, Ihnen den Besuch so angenehm wie möglich zu gestalten.«

»Das, Mr. Gonsalez, dürfte unter diesen Umständen nicht so einfach sein«, gab die Frau zurück. »Ich kann Ihnen unmöglich sagen, wann ich kommen werde, aber ich nehme an, daß es in den nächsten Tagen sein wird.«

»Jemand wird hier sein, Madam«, sagte Leon. »Meine Partner . . .«

»Ich will nur mit Ihnen sprechen, Mr. Gonsalez. Bitte empfangen Sie mich allein. Mein Leben ist in Gefahr, verstehen Sie!«

»Selbstverständlich«, sagte Leon. Die Stimme der Frau klang gehetzt und so, als hätte sie furchtbare Angst. »Wenn Sie mir wenigstens die ungefähre Zeit Ihres Besuches angeben könnten, Madame?«

»Ich werde bei Dunkelheit kommen, Mr. Gonsalez.«

»Sehr wohl, Madam. Ich werde versuchen, während der nächsten Tage nach Hereinbruch der Dunkelheit zu Hause zu sein.«

»Ich danke Ihnen, Mr. Gonsalez. Bitte reden Sie mit keinem Menschen über diesen Anruf. Wenn möglich, nicht einmal mit Ihren Partnern.«

»Wir haben keine Geheimnisse voreinander, Miß Brown. Diskretion ist Ihnen jedoch absolut sicher. Ich darf Ihnen versichern, daß es unser erstes Geschäftsprinzip ist, über unsere Fälle äußerstes Stillschweigen zu wahren.«

»Es geht um mein Leben«, wiederholte die Anruferin.

»Kommen Sie nicht zu spät, Madam«, empfahl ihr Leon. Sie lachte leise und nervös, bedankte sich bei ihm und hängte ein.

»Natürlich ist das nicht ihr richtiger Name«, sagte George Manfred, während er fast etwas vertäumt zusah, wie Poiccart die Blumen in der chinesischen Vase arrangierte. Ausnahmsweise hatte er keine Astern nach Hause gebracht, sondern einen Strauß pastellfarbener Zinnien, die er zu einem günstigeren Preis erstanden hatte, was wiederum für das ausgesprochene Hausfrauentalent Poiccarts sprach.

»Sie will sich inkognito mit mir treffen«, erklärte Leon Gonsalez. Er war dabei, ein paar Gesprächsnotizen zu machen, eine Fleißarbeit, die er bei den meisten Fällen gewissenhaft durchführte, was sich oft genug bezahlt gemacht hatte.

»Glaubst du, daß es sich bei der Dame eventuell um eine Berühmtheit der Londoner Gesellschaft handelt, Leon?« fragte Poiccart.

»Der Stimme nach handelt es sich um eine jüngere Frau, Raymond«, sagte Leon. »Ihre Ausdrucksweise war gewählt, aber keineswegs verschroben, wie das bei Mitgliedern der vermeintlich besseren Gesellschaft so oft der Fall ist«, sagte Leon. »Vielmehr dürfte es sich bei ihr um eine Frau handeln, die ihrem Intellekt entsprechend eine höhere Schulbildung genossen hat.«

»Vielleicht Akademikerin«, sagte George Manfred. »Hübsch und gescheit, das sind seltene und deshalb besonders schätzenswerte Eigenschaften. Ich bin gespannt auf ihren Besuch.«

»Du wirst kaum Gelegenheit haben, Miß Brown näher kennenzulernen, George. Wie ich sie einschätze, wird sie einen Hut tragen und ihr Gesicht hinter einem Schleier verbergen. Außerdem wird sie so lange kein Wort von sich geben, wie wir nicht alleine sind.«

»Das heißt, daß du mit Miß Brown ein trautes Stelldichein in unserem Haus haben willst?« Poiccart drehte die Vase ein bißchen nach rechts, bevor er zufrieden war und sich aufrichtete. »Zinnien machen sich überraschend gut in dieser Vase, nicht wahr? Ich dachte immer, sie wären nicht zierlich genug.« Er wandte sich an Leon Gonsalez. »Sollen wir etwa ausziehen, damit diese geheimnisvolle Dame nicht durch unsere Anwesenheit beunruhigt wird?«

»Natürlich überlasse ich es dir, Miß Brown zu empfangen«, lächelte Leon und klappte das Notizbuch zu. »Und Georg kann meinetwegen einen Blick durchs Schlüsselloch werfen, aber ich vermute, daß sie mir nicht einmal erlauben wird, das Licht anzumachen.«

»Uh, das sind vielleicht Wunschträume eines einsamen Mannes, mein Freund«, grinste Manfred. »An deiner Stelle würde ich mir lieber nicht zuviel von Miß Brown versprechen, damit nachher die Enttäuschung leichter zu ertragen ist.«

Leon lächelte hintergründig und ging auf sein Zimmer. Er hörte, wie Poiccart und Manfred sich im Salon weiter lebhaft unterhielten. Es ging wieder einmal um die Finanzen, die nach Angaben Poiccarts ziemlich erschöpft waren. Leon Gonsalez wußte selbst, daß sie dringend einen lohnenden Fall brauchten, da der Sunbeam zur Zeit in der Werkstatt stand und eine größere Reparaturrechnung auf sie zukam. Manfred hingegen sprach seit einigen Wochen schon von einem neuen Wagen, und zwar einem Sportcoupé der Firma Aston Martin. Natürlich war Poiccart dagegen, bei einer Bank Kredit aufzunehmen, um die Anzahlung zu leisten. Im geheimen hoffte Leon, daß Miß Brown zumindest eine Erbschaft in Aussicht hatte, falls sie nicht schon jetzt über erheblichen Reichtum oder über ein größeres Einkommen verfügte.

2. Kapitel
Die Frau ohne Gesicht

Es gibt so ungeheuer viele Typen von Frauenschönheiten, daß sogar Leon Gonsalez, der eine Leidenschaft für Klassifikationen hatte, nach der achtzehnten Unterabteilung der dreiunddreißigsten Kategorie von Brünetten diese mühsame Arbeit aufgab; zu diesem Zeitpunkt hatte er schon zwei dicke Schreibhefte mit seinen Beobachtungen gefüllt.

Wenn ihm diese Arbeit, die er übrigens nach Richtlinien des berühmten Menschenkundlers Signore Paolo Mantegazza, Direktor des Nationalmuseums für Anthropologie in Florenz, ausführte, nicht schon vorher zuviel geworden wäre, hätte er sicherlich die Aussichtslosigkeit erkennen müssen, als er Miß Browns Bekanntschaft machte. Die junge Frau ließ sich wohl in keiner seiner Kategorien unterbringen. Sie war schlank, und das war leicht zu erkennen, obwohl sie einen exklusiven Regenumhang trug, und sie hatte ein schmales Gesicht, das sich fahl durch den Hutschleier hindurch abzeichnete. Mehr konnte er von ihr nicht sehen, aber Leon mußte zugeben, daß es genügte, um Eindruck auf ihn zu machen. Später, als sie wieder gegangen war, machte ihn Manfred auf den feinen Lavendelgeruch aufmerksam, der von ihr im Flur zurückgeblieben war.

Den Zeitpunkt ihres Besuches hatte sie gut gewählt: die Dämmerstunde. Noch war es nicht so dunkel, daß man über die Treppenstufen hätte stolpern können, aber auch nicht mehr hell genug, um Einzelheiten genau zu erkennen. Es war Manfred, der sie zuerst bemerkte, als sie unten die Straße überquerte. Aber anstatt sofort zur Haustür zu kommen und zu läuten, ging sie zuerst ein Stück die Curzon Street hinunter, blieb an einer Ecke unschlüssig stehen, drehte um und winkte ein Taxi heran. Zuerst sah es aus, als wollte sie einsteigen, aber dann sagte sie nur etwas zu dem Fahrer, der zurücksetzte und vor dem kleinen Haus parkte, über dessen Haustür das silberne Dreieck befestigt war. Die Frau kam zurück. Wahrscheinlich hatte sie den Taxifahrer angewiesen, vor dem kleinen Haus auf sie zu warten. Sie blieb unten nochmals kurz stehen und blickte sich nach allen Seiten um, bevor sie auf die Haustür zuging. Manfred hätte sich aus dem Fenster lehnen müssen, um sie jetzt noch sehen zu können, aber darauf verzichtete er. Erstens war es kalt draußen und zweitens hatte er genug gesehen.

»Leon, ich glaube, Miß Brown ist da«, sagte er und ließ den dicken Samtvorhang zurückgleiten. Leon Gonsalez, der es sich nach dem Dinner gemütlich gemacht hatte und eine Zigarette rauchte, blickte in dem Moment auf, als es läutete.

Poiccart kam sofort aus der Küche, band die Schürze los und hängte sie über die Türklinke. Er wechselte einen kurzen Blick mit Leon Gonsalez, rückte den Anzug zurecht und ging zur Tür. Wenn Poiccart zu Hause war, ließ er es sich nicht nehmen, den Butler zu spielen. Er behauptete, daß er sich als solcher ein weit besseres Bild von einem Gast machen konnte, als wenn er sich als Gastgeber hätte bemühen müssen. Auch diesesmal empfing Poiccart den späten Gast mit distanzierter Höflichkeit.

»Darf ich bitten, Madam«, sagte er und machte eine einladende Verbeugung, wie nur er sie beherrschte.

»Ich bin mit Mr. Gonsalez verabredet«, sagte die Frau durch den schwarzen Schleier hindurch. »Er versprach mir, daß im Haus kein Licht sein würde.«

»Oh, entschuldigen Sie, Gnädigste«, beeilte sich Poiccart zu sagen und drehte im Flur das Licht aus. »Seien Sie bitte vorsichtig, damit Ihnen nicht dieser flauschige Berberteppich zum Verhängnis wird.«

»Ist Mr. Gonsalez da?« fragte die Frau. »Ich meine, ich habe ihm nicht mitgeteilt, wann genau ich hier eintreffen würde.«

»Ich weiß, Madam. Mr. Gonsalez hat mich angewiesen, Sie ins Studierzimmer zu bringen, und ich darf Sie versichern, daß dort sogar die Vorhänge zugezogen sind.«

»Danke«, sagte die Frau, und im Salon konnte man hören, wie die Tür zuging, obwohl sie Poiccart mit sanfter Hand ins Schloß drückte. Er führte Miß Brown in ein Zimmer, das den drei Detektiven als Archiv diente und als ein Raum, in dem sie ungestört ihrer Arbeit nachgehen konnten, wenn dies vonnöten war.

»Entschuldigen Sie bitte die nicht sehr wohnliche Einrichtung dieses Raumes, Madam«, sagte Poiccart, »aber er ist unseren geschäftlichen Anforderungen entsprechend möbliert worden.« Er bot Miß Brown einen Stuhl an, aber als Leon Gonsalez den Raum betrat, stand sie vor einem der überladenen Aktenregale, die alle vier Wände bedeckten und nur das schmale Fenster freiließen. Viel mehr als die dunklen Umrisse ihres schlanken Körpers und den fahlen Fleck hinter dem Hutschleier konnte Leon Gonsalez nicht erkennen.

Er drückte die Tür hinter sich zu, so daß nicht einmal mehr der schwache Lichtschein aus dem Salon in den Raum dringen konnte.

»Bestimmt werden Sie sich fragen, warum mir soviel daran liegt, nicht erkannt zu werden, Mr. Gonsalez«, sagte die Frau, nachdem sie es noch einmal abgelehnt hatte, auf dem Stuhl Platz zu nehmen.

Leon lächelte und lehnte sich gegen einen Schreibtisch, auf dem sich die Akten meterhoch stapelten.

»Erstens fürchten Sie um Ihr Leben, und zweitens wäre es Ihnen unangenehm, wenn ich Sie wiedererkennen würde, wenn wir uns später irgendwo mal begegneten, nicht wahr?«

Für einen Moment blieb sie ihm eine Antwort schuldig. Er hörte ihr Kleid rascheln, und er konnte schwach erkennen, daß sie sich mit der Hand unter dem Schleier zu schaffen machte.

»Ich muß Ihnen gestehen, daß es mir peinlich wäre, wenn irgend jemand von dieser Angelegenheit erführe«, sagte sie in ruhigem Ton. Selbst im Halbdunkel glaubte Leon Gonsalez erkennen zu können, daß es sich bei ihr um eine hübsche junge Frau handelte, die vielleicht vierundzwanzig Jahre zählen mochte. Mehr bestimmt nicht.

»Erpressung ist nicht nur eine peinliche Angelegenheit, Miß Brown, sondern in den meisten Fällen auch eine äußerst gefährliche. Die meisten Opfer zögern zu lange, bevor sie sich dazu durchringen, bei der Polizei oder bei Fachleuten, wie wir es sind, Hilfe zu suchen.«

»Ich habe es mir auch lange überlegt, Mister Gonsalez«, gab Miß Brown zu. »Ich dachte zuerst daran, Scotland Yard aufzusuchen.«

»Das haben Sie unterlassen, weil Sie fürchteten, die Sache könnte nicht diskret genug behandelt werden.«

»So ist es. Ich sehe, daß mein Entschluß richtig war, zu Ihnen zu kommen, Mr. Gonsalez. Sie scheinen über einen äußerst scharfen Verstand zu verfügen.«

»Herzlichen Dank für das Kompliment, Miß Brown«, lachte Leon Gonsalez. »Die Drei Gerechten, wie man uns früher nannte, sind bekannt für ihre erfolgreiche Art der Verbrecherbekämpfung. Wir tun unser möglichstes, Miß Brown.«

»Dann möchte ich Sie um einen Rat bitten, Mr. Gonsalez.« Die Frau räusperte sich. »Wie ich Ihnen schon am Telefon sagte, bin ich Erpressern in die Hände gefallen. Man bedroht mich. Ich muß um mein Leben fürchten, seit man Fred umgebracht hat.«

»Fred?« fragte Leon überrascht. »Man hat also bereits einen Mord verübt, um Ihnen den Ernst der Lage klarzumachen?«

Die Frau senkte den Kopf. »Fred war mein Hund«, sagte sie. »Ein Pointer bester Zucht und mein treuer Gefährte seit meiner Kindheit. Fred war über vierzehn Jahre alt, und mir ist beinahe das Herz gebrochen, als ich ihn fand.«

»Aber Sie sind absolut sicher, daß es sich bei diesem – äh – Verbrechen um eine Tat der Erpresser handelt?«

»Man hat mich angerufen und mir mitgeteilt, wo ich Fred finden würde. Er wurde erschossen, und ich bin sicher, daß es nicht der Wildhüter war oder der Pachtaufseher. Fred war zu alt, um noch ein Reh reißen zu können. Außerdem habe ich ihm das Streunen abgewöhnt.«

»Ich hatte natürlich keine Ahnung, daß die Erpresser bereits zu solch gewalttätigen Maßnahmen gegriffen haben, Miß Brown«, sagte Leon ernst. »Deshalb möchte ich Ihnen doch dringend empfehlen, zu Ihrem persönlichen Schutz Scotland Yard aufzusuchen. Sie können sich mit meiner Empfehlung direkt an Kriminalinspektor Philander Dearborn wenden, ein äußerst fähiger Mann, der . . .«

»Mr. Gonsalez, ich bin mir der Gefahr vollauf bewußt und habe gründlich überlegt, bevor ich Sie anrief. Ich fürchte, Scotland Yard könnte mir nicht helfen, selbst wenn ich mich einem Erscheinen vor Gericht aussetzen würde – und das will ich auf keinen Fall. Mein Vater« – sie zögerte einen Augenblick – »ist Beamter. Es würde ihm das Herz brechen, wenn er von dieser Geschichte erfahren würde.«

Am liebsten hätte Leon Gonsalez seine Besucherin höflich, aber bestimmt aus dem Haus gewiesen, aber ein unbestimmtes Gefühl der Neugier, gemischt mit seinem grenzenlosen Zorn auf alle Erpresser, hielt ihn davon ab. Er seufzte und bat die junge Dame, ihm die Geschichte von Anfang an zu erzählen.

»Ich kann Ihnen allerdings nicht garantieren, daß wir uns des Falles annehmen, Miß Brown. Es gehört zu unseren Geschäftsbestimmungen, nur Fälle zu bearbeiten, die wir unter Kontrolle halten können. Wenn Klienten von uns sich in Lebensgefahr befinden, wenden wir uns meistens an Scotland Yard.«

»Ich bitte Sie, Mister Gonsalez, in diesem Fall eine Ausnahme zu machen! Ich verspreche Ihnen, daß ich auf mich aufpassen kann und es den Erpressern schwerfallen würde, mir ein Leid zuzufügen.«

»Kennen Sie die Erpresser?«

Miß Brown nickte. »Einen kenne ich.«

»Der Mann, der direkt mit Ihnen in Verbindung steht?«

»Ja.«

»Was befindet sich in seinem Besitz? Briefe?«

»Ja. Briefe und noch andere Dinge! Vor einigen Jahren studierte ich Medizin und arbeitete im St.-Johns-Hospital. Abschlußexamen habe ich keines gemacht, die Gründe werden Sie sofort erfahren. Meine medizinischen Kenntnisse habe ich nicht verwerten können – mit einer Ausnahme . . . Ich rettete einem Mann das Leben, obgleich ich bezweifle, daß das die Mühe wert war. Der Mann hat darüber selbstverständlich eine andere Meinung, doch das gehört alles gar nicht hierher.« Miß Brown brach ab, anscheinend, um ihre innere Ruhe wiederzufinden. Fast eine Minute verging, bis sie fortfuhr.

»In St. Johns lernte ich einen Mediziner kennen, dessen Namen ich Ihnen später auch nennen werde, Mr. Gonsalez. Es ging mir wie so vielen anderen jungen Mädchen in dem Alter: Ich verliebte mich Hals über Kopf in ihn. Er hat nie von mir verlangt, daß ich mein Studium aufgebe, aber als er sein Staatsexamen hinter sich gebracht hatte, folgte ich ihm als Assistentin in eine neue Stellung.«

Erneut machte die junge Frau eine Pause, die Leon dazu benutzte, das, was er bisher gehört hatte, in seinem Kopf zu ordnen. Er war sicher, daß vieles von dem, was sie erzählt hatte, geschwindelt war. Vermutlich reimte sie sich eine Geschichte zusammen, die hauptsächlich aus Halbwahrheiten bestand, und im Moment schien sie sich selbst nicht über die Fortsetzung im klaren zu sein.

»Er war verheiratet«, sagte sie plötzlich.

Leon hob den Kopf. »Oh«, sagte er.

»Ja. Ich wußte es nicht, und als ich es erfuhr, da verließ ich ihn.«

Jetzt lächelte Leon so, daß sie es auch im Halbdunkel erkennen mußte.

Er hörte sie heftig ausatmen.

»Sie glauben mir nicht, nicht wahr?«

»Die Wahrheit würde vielleicht besser dazu dienen, die Erpresser unschädlich zu machen, Miß Brown«, warnte Leon. »Ich kann Sie nicht daran hindern, mir eine Geschichte zu erzählen, die nicht den Tatsachen entspricht, aber mir ist die Zeit zu schade, mich mit einem Fall zu beschäftigen, der auf Unwahrheiten basiert.«

Die junge Frau schwieg lange, bevor sie sich endlich auf den Stuhl setzte, den ihr schon Poiccart angeboten hatte.

»Gut«, sagte sie. »Gut, ich muß Ihnen wohl oder übel vertrauen, nicht wahr?«

»Dies könnte zu Ihrem Vorteil gereichen, Miß Brown«, gab Leon kühl zurück. »Ich nehme an, daß Sie als Assistentin einen Fehler gemacht haben, der einem Patienten das Leben kostete.«

Sie hob jäh den Kopf und starrte ihn verzweifelt an. »Es war ein Irrtum, der jedem hätte passieren können«, stieß sie gepreßt hervor. »Ein falsches Serum. Er hätte es nachprüfen sollen, bevor er dem Kranken die Injektion gab. Es war nicht allein meine Schuld, glauben Sie mir!«

Das klang ehrlich, und eigentlich hatte Leon keinen Grund, ihren Worten nicht zu glauben. »Was geschah dann?« fragte er.

»Er nahm zwar die Schuld auf sich«, sagte sie bitter. »Dafür aber sollte ich bezahlen. Er ließ mich ein Geständnis unterschreiben, das heute noch in seinem Besitz ist.«

»Die Grundlage für die Erpressungen?«

»Ja. Und einige Briefe, aus denen unzweifelhaft hervorgeht, was damals geschehen ist.«

»Warum haben Sie ihn verlassen?«

»Wie ich schon sagte, er nahm die Schuld auf sich, und man entzog ihm die Arztlizenz. Danach war er ohne Beruf. Er begann übermäßig zu trinken und benutzte seine Beziehungen dazu, an Drogen heranzukommen. Opium. Er verbrauchte seine gesamten Ersparnisse, trieb sich in den finstersten Vierteln der Stadt herum und besuchte mich nur noch, wenn er Geld brauchte.«

»Und er brauchte immer öfters Geld und immer öfters größere Summen?«

Sie nickte. »Es ist schrecklich, das sagen zu müssen, aber er ist immer mehr heruntergekommen. Ich habe mein eigenes Vermögen – von meiner Mutter habe ich zweitausend Pfund Rente pro Monat geerbt –, und natürlich habe ich gezahlt und gezahlt.«

»Wann haben Sie den Mann zum letztenmal gesehen?«

Sie dachte an etwas anderes und antwortete nicht. Als er die Frage wiederholte, fuhr sie auf.

»Am letzten Weihnachtsfeiertag – nur einen einzigen Augenblick – er war nicht bei uns eingeladen – ich glaube, es war beinahe am Ende . . .«

So wie sie dies alles sagte, ergab es überhaupt keinen Sinn. Sie schien plötzlich bis in ihr Innerstes aufgewühlt zu sein und nicht mehr in der Lage, klar zu denken. Hastig, beinahe ohne Luft zu holen, fuhr sie fort: »Ich sah ihn nur ganz zufällig unter den anderen. Er erblickte mich nicht, aber es war ein furchtbarer Schlag für mich . . . Es war seine Stimme, die mich auf ihn aufmerksam machte. Er hatte schon immer einen prachtvollen Tenor.«

»Er sang?« fragte Leon, als sie erneut eine Pause machte, um ihre Selbstbeherrschung wiederzufinden.

»Ja, in der Kirche«, fuhr sie atemlos fort. »In der Kirche habe ich ihn gesehen, Mr. Gonsalez.« Miß Brown, wie sich die Dame nannte, sprach nun so überstürzt weiter, als ob sie angstvoll diese Erinnerungen aus ihrem Gedächtnis verjagen wollte, oder vielleicht auch, um zu verhindern, daß sich Leon noch länger mit diesem zufälligen Zusammentreffen des Erpressers mit seinem Opfer beschäftigte.

»Zwei Monate später schrieb er mir, er wäre in größtem Elend, völlig verzweifelt und zu jeder Untat fähig. Er bat mich um fünfhundert Pfund. Ich hatte ihm schon mehr als dreitausend Pfund gegeben. Ich überlegte hin und her, und schließlich kam ich zu dem Entschluß, daß es vernünftiger wäre, nicht mehr auf seine Erpressungen einzugehen.«

»Sie schrieben ihm, daß er kein Geld mehr erhalten würde?«

»Ja. Ich schrieb ihm, daß meine Ersparnisse nicht ausreichen würden, und daß ich mich nicht mehr länger erpressen lassen würde.«

»Wie reagierte er darauf?«

»Erst telefonierte er und bettelte um Geld. Ich blieb hart, und da sandte er die Fotokopie eines Briefes, den ich damals geschrieben hatte, als wir uns besonders nahe waren.

Auf dem Umschlag standen zwei Adressen, meine und die meines Verlobten. Diejenige meines Verlobten war allerdings durchgestrichen.«

»Er wollte Ihnen damit nur zeigen, wohin er die nächsten Briefe schicken würde«, sagte Leon nachdenklich. »Ihr Verlobter weiß natürlich nichts von Ihrer Vergangenheit, nicht wahr?«

»Ich finde den Mut nicht, es ihm zu sagen«, gestand Miß Brown. »Ich weiß zu gut, was passieren würde.«

»Er würde die Verlobung auflösen und für ungültig erklären.«

»Richtig, Mr. Gonsalez. Er hält sehr viel von Etikette, da er aus einem der ersten Häuser Londons stammt. Man würde überall davon erfahren. Auch mein Vater.«

»Und dies wollen Sie unter allen Umständen verhindern.«

»Mein Vater ist krank, Mr. Gonsalez. Er würde einen Skandal nicht überstehen, glauben Sie mir.«

»Well, dann wollen Sie mir bitte den Namen des Mannes sagen, Miß Brown«, forderte Leon die junge Dame auf.

»John Letheritt. 27 Lion Row, Whitechurch Street. Er hat sich dort ein kleines Zimmer gemietet. Ich habe mich schon erkundigt.«

Leon wartete geduldig auf weitere Erklärungen, aber Miß Brown zog es vor, zu schweigen.

»Und womit, glauben Sie, kann ich Ihnen behilflich sein, Miß Brown?«

Sie nahm einen Brief aus ihrer Handtasche, der in einem weißen Umschlag steckte.

»Hier«, sagte sie und streckte ihm den Brief entgegen. »Dieser Brief hat den Ausschlag gegeben. Ich habe ihn zwei Tage nach dem Tod von Fred erhalten.«

Leon zog den Brief aus dem Umschlag. »Ich fürchte, es ist zu dunkel hier drin, Miß Brown«, sagte er. »Entschuldigen Sie, bitte.« Er öffnete die Tür einen Spalt. Im schwachen Lichtstrahl, der vom Salon durch den Flur in den kleinen Archivraum drang, las er die Forderungen des Mannes, der mit John unterschrieben hatte. Es war nichts anderes als ein typischer Erpresserbrief. Der Schreiber verlangte bis spätestens zum dritten des nächsten Monats sechstausend Pfund, andernfalls würde er die »Papiere« in »bestimmte Hände« gelangen lassen. Als Nachtrag schrieb der Erpresser, daß dieser Brief die letzte Aufforderung wäre, eine alte Schuld abzutragen. Auch eine kleine melodramatische Phrase war nicht vergessen. Wörtlich schrieb John Letheritt: »Die ernstgemeinte Warnung mit Fred hast Du Dir hoffentlich zu Herzen genommen, meine Liebe.«

Leon faltete den Brief zusammen und steckte ihn in den Umschlag zurück. »Hier«, sagte er. »Behalten Sie ihn. Ich weiß Bescheid und werde sehen, was sich machen läßt. Wie kann ich mich mit Ihnen in Verbindung setzen?«

Sie hob den Kopf nicht, solange die Tür offen war. Erst als er sie zumachte, richtete sie sich auf.

»Ich will Sie im voraus bezahlen, Mr. Gonsalez«, sagte sie, und er hörte, wie sie sich in ihrer Handtasche zu schaffen machte.

Leon lächelte. »Ich weiß nun schon so viel von Ihnen, Miß Brown. Wollen Sie mir nicht doch Ihren Namen verraten?«

»Ich bitte Sie, Mr. Gonsalez!« sagte sie schnell. »Ich könnte Ihnen . . . so viel Sie wollen . . .«

»Miß Brown«, unterbrach er sie. »Die Honorarfrage behandeln wir erst, wenn wir Erfolg haben. Dies ist ebenfalls ein Geschäftsprinzip des Silbernen Dreiecks. Was soll ich also tun?«

»Schaffen Sie mir die Briefe zurück und jagen Sie dem Mann eine derartige Angst ein, daß er mich künftig in Ruhe läßt. Und das Geld hier . . . es wäre mir wirklich lieber, wenn ich es hierlassen könnte.«

»Das wäre ganz gegen unsere Geschäftsgebräuche, Miß Brown«, antwortete Leon freundlich.

Sie sagte nichts mehr darauf, steckte die Banknoten ein und gab ihm den Namen einer Straße und eine Hausnummer an – eine Deckadresse, wie Leon mit Recht annahm.

»Bitte, begleiten Sie mich nicht zur Tür«, sagte sie mit einem kurzen Blick auf die fluoreszierenden Zeiger ihrer Armbanduhr. Sie ging an Leon vorbei und öffnete die Tür. Eigentlich hätte er sie warnen sollen, denn draußen, in einer dunklen Nische des Flures, stand tatsächlich Raymond Poiccart. Sie sah ihn erst, als er sich verbeugte und der schwache Lichtschein sein unbewegtes Gesicht traf. Sein Auftauchen erschreckte sie so sehr, daß sie einen spitzen Schrei ausstieß und gegen den Garderobenständer taumelte. Poiccart versuchte, sie festzuhalten. Der Ständer, an dem sein eigener Mantel hing und eine Sportjacke von George, kippte um und prallte ihm gegen den Schädel, wobei ihn einer der elegant geschwungenen Kleiderhaken aus Messing beinahe aufspießte.

In seiner Not kam Poiccart nicht mehr dazu, den Gast hinauszugeleiten, denn Miß Brown hatte sich zuerst wieder in der Gewalt, riß die Tür auf und floh, als säße ihr der Teufel im Nacken.

Vom oberen Stockwerk aus sah Manfred zu, wie sie in das wartende Taxi stieg, das danach langsam im dichter werdenden Nebel die Curzon Street hinunterfuhr.

»So schnell wird sie nicht mehr hierher zurückkehren«, sagte Leon beinahe vorwurfsvoll, während er sich vorsichtig darum bemühte, seinen Partner vom Kleiderständer zu befreien, ohne daß dessen Hemd in Fetzen am Haken zurückblieb. Leider gelang das nicht.

3. Kapitel
Der Erpresser

Poiccart sagte, daß er mit dem Fall nichts mehr zu tun haben wolle, weil er schon jetzt sein bestes Hemd ruiniert hatte. »Diese feine Lady hält dich bestimmt zum Narren«, knurrte er. »Warum geht sie nicht zur Polizei, wenn sie tatsächlich in Lebensgefahr ist? Sie kennt den Erpresser, und es wäre für Dearborn ein Fingerlecken, wenn er wieder einmal einen schnellen Griff tun könnte.«

»Sie will kein Aufsehen erregen«, sagte George Manfred. »Wegen ihrer Familie.«

»Wegen ihres Vaters«, verbesserte Leon, knöpfte seinen Trenchcoat zu und nahm den Hut vom Haken. »Ihr braucht euch nicht um den Fall zu kümmern. Ich gehe jetzt einmal in die Whitechurch Street und statte Mr. John Letheritt einen Besuch ab.« Poiccart schüttelte den Kopf. »Wie kann man nur so dumm sein und freimütig sein Leben aufs Spiel setzen, ohne vorher wenigstens eine Vorauszahlung einzustecken. An deiner Stelle würde ich wenigstens George mitnehmen. Zur Rückendeckung.«

Leon winkte ab und schlug den Kragen seines Mantels hoch. »Mr. John Letheritt wird möglicherweise nicht sehr erfreut über meinen Besuch sein, aber ich glaube nicht, daß ich von ihm etwas zu befürchten habe.«

»Wie kommst du zu dieser gewagten Annahme, Leon?« fragte George Manfred sarkastisch.

Leon hob die Schultern. »Ich weiß nicht«, sagte er lächelnd. »Aber Letheritt hat Medizin studiert und war mal Mediziner. Ich kann ihn mir einfach schlecht als einen ruppigen Gewaltverbrecher vorstellen, der mich mit einem Schlachterbeil empfangen wird.«

»Immerhin hat er einen Hund getötet«, wandte Manfred ein.

»Trotzdem bin ich sicher, daß er mir nicht gefährlich wird. Außerdem werde ich vorsichtig sein.«

Darauf hatte weder Poiccart noch Manfred etwas zu erwidern. Sie wechselten nur einen vielsagenden Blick, und da es sinnlos gewesen wäre, Leon von seinem Vorhaben abbringen zu wollen, ließen sie ihn einfach gehen.

»Wenn du bis zehn nicht zurück bist, ruf ich Dearborn an«, drohte Poiccart.

»Elf«, gab Leon zurück. »Wenn ich bis elf nicht zurück bin, kannst du unseren Freund bei Scotland Yard anrufen.« Leon verließ das Haus und ging ein Stück weit die Curzon Street hinunter, bevor er ein vorbeifahrendes Taxi heranwinkte.

Lion Row war eine winzige, elende Gasse, die ihren großartigen Namen zu Unrecht trug. Alte, baufällige Häuser reihten sich zu beiden Seiten des aufgerissenen Kopfsteinpflasters. Hier und dort verbreitete eine Straßenlaterne ein wenig Licht, beleuchtete den Dreck und Unrat, die überquellenden Mülleimer und die düsteren Fassaden der Häuser. Es roch nach fauligen Abfällen und nach Kot. Irgendwo lief ein Radio. Ein Hund bellte.

Leon Gonsalez bezahlte den Taxifahrer am Anfang der Gasse, weil dieser ihm zu verstehen gab, daß er nicht mehr weiterfahren wollte.

»Wenn ich Ihnen einen Rat geben darf, Sir«, sagte er, nachdem Leon ausgestiegen war und einen Schein aus dem Geldbeutel nahm, »werfen Sie ab und zu einen Blick über die Schulter.«

Leon bedankte sich. Er kannte zwar die Gegend nicht, aber er nahm sich vor, besonders aufzupassen.

Nr. 27 war ein schmales Backsteingebäude mit einer Treppe, die zur Eingangstür hochführte. Die Tür konnte nicht abgeschlossen werden, da sie schief in den Angeln hing. Leon blieb am Fuß der Treppe stehen und blickte an der rissigen Fassade hoch, aus der mehrere Backsteine herausgebrochen waren. Einige der Fensterscheiben hatten Sprünge. Andere waren mit Pappkarton oder Zeitungen verklebt.

Langsam ging Leon die Treppe hoch und machte die Tür auf. Ein langer schmaler Flur tat sich vor ihm auf. Kahle Wände, von denen der Mörtel bröckelte, eine nackte Glühbirne an der Decke, deren Licht ein Stück einer steilen Holztreppe beleuchtete. An einer Wand waren die Briefkästen, die meisten ohne Namenschilder, einige sogar ohne Türchen. Aber an einem war ein Schild befestigt, das ziemlich neu aussah, aus Zinnblech und mit eingestanzten Buchstaben:

J. LETHERITT
Export – Import

Durch den schmalen Schlitz sah Leon, daß der Briefkasten voll war mit Post. Wahrscheinlich hatte John Letheritt kein Interesse daran, Werbeprospekte und anderen Kram zu lesen.

Leon ging den Flur entlang zum Fuß der Holztreppe. Ein leises schwebendes Geräusch ließ ihn anhalten. Neben der Treppe, dort, wo eine Türöffnung zu den Kellerräumen führte, entdeckte er die dunklen Umrisse einer Gestalt, die in einer Ecke hockte. Langsam gewöhnten sich seine Augen an das Halbdunkel, und jetzt konnte er ein fahles, hageres Gesicht wahrnehmen, eine Mütze mit Ohrenklappen, einen Wollschal und einen schwarzen zerfetzten Mantel.

Ein leises, krächzendes Kichern jagte Leon einen kalten Schauer über den Rücken. »Wohnen Sie hier?« fragte er, mehr, um etwas zu sagen, als aus Interesse.

»Ich wohne hier und da und nirgendwo«, kam eine heisere Stimme aus der finsteren Ecke. Leon konnte jetzt das

Gesicht besser sehen, die fiebrig glitzernden Augen, die tagealten Bartstoppeln und die häßlichen Narbenwülste, die sich vom linken Auge des Mannes über die Wange zogen und fingerbreit unter dem Ohr endeten. »Komm her, Mister«, sagte der Mann und winkte mit einer Hand, die in einem löcherigen Handschuh steckte. »Komm her, ich zeig dir was!«

Leon zögerte einen Moment, bevor er der Aufforderung nachkam. Der Mann stank nach billigem Fusel und nach alten, verschwitzten Kleidern. Er bedeutete Leon, sich neben ihm niederzulassen.

»Er kommt nur, wenn du dich klein machst«, sagte er. »Er hat Angst vor dir, wenn du stehst. Er hat nur keine Angst, wenn du dich klein machst und still bist.« Der Mann kicherte, und Leon kauerte sich neben ihm nieder.

»Wer ist er?« fragte er.

»Harp.«

»Harp!«

»So nenne ich ihn. Mein Bruder hat Harp geheißen. Harper Pratt.«

»Der Boxer?«

»Ja. Mittelgewichtsmeister war er. Er war schlau und flink, und er wäre Weltmeister geworden, aber dann habe ich ihn umgebracht.«

»Er starb bei einem Autounfall, wenn ich mich recht entsinne. Das sind bestimmt zwölf Jahre her oder mehr.«

»Dreizehn.« Der Mann langte in die Tasche seines Mantels und kramte darin herum. »Ich habe ihn getötet. Es war sein Auto, aber ich bin gefahren. ›Du fährst nicht, wenn du getrunken hast‹, hat er gesagt. Und ich habe gelacht und gelogen. Ich lache immer, wenn ich lüge. Ich habe gelacht und gesagt, daß ich keinen Schluck getrunken habe. Aber das war eine verfluchte Lüge, und dann fuhr ich gegen den Pfeiler, unten am Chelsea Embankment beim Victoria-Pier.«

Leon sagte nichts, als der Mann fertiggeredet hatte. Es gab nichts zu sagen. Er erinnerte sich schwach an die Geschichte. Das Auto war gegen einen Pfeiler gefahren und über die niedere Kaimauer in die Themse gestürzt. Harper Pratt hatte sich nicht mehr befreien können, während sein Bruder unverletzt ans Ufer gelangte. Der Mann hier mußte die Hölle hinter sich haben, so verkommen, wie er war.

Leon verhielt sich still neben dem Mann, der seine rechte Hand ausgestreckt hatte. Ein paar Brotkrumen lagen darauf, und es dauerte nicht lange, da bemerkte Leon eine huschende Bewegung an der Wand, ein Schatten nur, lautlos, dann ein leiser, quietschender Laut und zwei kleine leuchtende Punkte. Das waren die Augen einer Ratte, die aus dem Mauerschatten heraushuschte und sich der ausgestreckten Hand näherte. Der lange nackte Schwanz strich über den Boden. Die Ratte richtete sich auf wie ein Eichhörnchen, hielt sich mit ihren Vorderfüßen an den Fingern des Mannes fest und fraß ihm die Brotkrumen aus der Hand. Als sie leer war, ließ sich die Ratte auf alle viere nieder und schnüffelte mit nervösen Bewegungen am Boden herum.

»Ich komme jede Nacht her und gebe ihm etwas zu fressen«, sagte der Mann leise. »Deswegen ist Harp so dick.« Er lachte kichernd. »Vollgefressen wie ein Schwein. Bis Weihnachten ist er gerade richtig.« Leon richtete sich auf, und die Ratte flüchtete sofort in die Finsternis zurück.

»Kennst du John Letheritt?« fragte Leon den Mann.

Der Mann kicherte. »Export-Import?«

»Ja.«

»Der ist ziemlich neu hier. Niemand weiß über ihn Bescheid. Der kommt selten raus. Scheut das Licht, sagt man. Der kommt auch nur aus seinem Loch, wenn's dunkel ist. Nein, ich kenne den nicht, Mister. Sorry.«

»Dann weißt du nichts über ihn?«

»Nein. Außer, daß er ab und zu mit jemand redet.«

»Mit wem?«

»Weiß ich nicht. Vielleicht mit sich.« Der Mann kicherte.

»Weißt du, in welchem Stock er wohnt?«

»Im dritten, glaube ich. Es sind insgesamt nur vier Stockwerke. Er wohnt im dritten, glaube ich, weil ganz oben Rooster wohnt.«

»Danke«, sagte Leon und ging zum Anfang der Treppe zurück. Als er sie hinaufging, holte ihn die Stimme des Mannes ein.

»Bist du einer vom Yard?« fragte er krächzend. »Ein Greifer?«

»Wenn ich vom Yard wäre, wäre ich nicht allein gekommen«, sagte Leon, ohne anzuhalten. Darauf gab ihm der Mann keine Antwort mehr.

An der Tür war kein Schild angebracht. Jemand hatte kürzlich mit weißer Farbe den Namen Letheritt draufgeschmiert. Da unter der Tür durch eine schmalte Spalte ein Lichtstreifen fiel, vermutete Leon, daß John Letheritt zu Hause war. Er klopfte gegen die Tür und trat vorsichtshalber einen Schritt zurück.

Niemand antwortete.

Leon wartete einige Sekunden, klopfte erneut und etwas kräftiger. Er vernahm das Knacken eines Bettes und dann die rauhe Stimme eines Mannes, der fragte, wer, zum Teufel, da wäre.

»Jones«, sagte Leon.

»Jones?« Der Mann kam zur Tür. Die Fußbodenbretter knarrten. »Jones wer?«

»Jemand hat mich hergeschickt.«

»Gwenda?« Der Mann lachte heiser auf. »Paß auf, du kommst mir gerade richtig!« Ein Schlüssel wurde gedreht, und dann ging die Tür auf. Ehe sich's Leon versah, schoß eine Hand auf ihn zu und kräftige Finger krallten sich in seinen Mantel. Es wäre Leon bestimmt nicht schwergefallen, sich zur Wehr zu setzen, aber er war nicht hierher gekommen, um sich mit einem Erpresser zu prügeln. So ließ er sich in einen kleinen Raum zerren, in dem es nicht ein einziges Möbelstück gab. Die kahlen Wände waren voller Flecken, von der Decke hing ein Kabel mit einer nackten Glühbirne.

Der Mann, der Leon am Mantel gepackt hatte, stieß die Tür mit einem kräftigen Fußtritt ins Schloß und stieß Leon herum, so daß ihm der Lichtschein ins Gesicht fiel. Der Mann kniff seine glitzernden Augen zusammen und stieß den Atem scharf durch die Nase aus. »Hat dir Gwenda nicht gesagt, was ich mit deinem Vorgänger gemacht habe?«

»Sie hat mir gesagt, daß ich aufpassen soll«, sagte Leon. »Darf ich vielleicht darum bitten, meinen Mantel loszulassen, Dr. Letheritt!«

Die Augen des Mannes weiteten sich jäh. Das Licht darin fing an zu flackern. Er ließ Leons Mantel los und wich einen Schritt zurück. Jetzt traf ihn der Schein der Glühbirne, und Leon konnte den Schweiß sehen, der auf seiner Stirn glitzerte. Der Mann war zwar groß, und früher mochte er einmal von sportlicher Statur gewesen sein, aber nachdem er Leon losgelassen hatte, sanken seine Schultern herab, und er schien von einer Sekunde auf die andere in sich zusammenzusinken.

»Was wollen Sie?« fragte er, wie ein Mann, der todmüde ist und seine Ruhe will. »Sie weiß, daß sie niemals kriegt, was sie haben will. Da kann sie herschicken, wen sie will.«

Leon deutete mit dem Kopf zur Türöffnung.

»Können wir uns irgendwo unterhalten?« fragte er.

Letheritt lachte auf. »Hier. Warum nicht hier?« Er zog die Schultern hoch, als würde er frieren, und Leon merkte erst jetzt, daß die Wohnung tatsächlich nicht geheizt war.

»Kommen Sie«, sagte Letheritt, und er ging Leon voran in das andere Zimmer, das »wohnlich« eingerichtet war, vollgestopft mit Gerümpel, das wahrscheinlich andere Leute auf den Müll geworfen hatten. Unter einem Fenster, das mit Zeitungspapier zugeklebt war, stand ein Spitalbett, dessen Leintücher vor Schmutz beinahe schwarz waren. An den Wänden hingen vergilbte Fotografien, Zeitungsausschnitte, ein Kalender, der drei Jahre alt war, ein Bild von einem Ferrari auf der Ziellinie und ein Ölgemälde, das eine junge Frau zeigte, mit blassem schmalem Gesicht, graublauen ausdrucksvollen Augen und goldenem Haar. Als Leon das Bild betrachtete, lachte der Mann gehässig auf.

»So sieht sie nicht mehr aus, was?« fragte er. »Das Leben hinterläßt Spuren. Auch bei ihr. Ich habe ihr Gesicht gesehen. Ihre Augen. Es steht alles in ihrem Gesicht zu lesen.«

Leon sagte nichts. Er wußte, daß der Mann weiterreden würde, und er wollte ihn nicht durch irgendein unnötiges Wort davon abhalten.

»Sie hat Ihnen gesagt, daß ich einmal Arzt gewesen bin, nicht?« Der Mann setzte sich aufs Bett. »Sonst hätten Sie mich nicht Dr. Letheritt genannt.« Wieder lachte er auf. »Dr. Letheritt. Ein stolzer Name ist das.«

Leon nickte. »Klingt gut«, gab er zu.

John Letheritt stieß mit dem nackten Fuß ein paar Kleidungsstücke von einem Hocker und forderte Leon auf, Platz zu nehmen. Leon setzte sich. Er musterte den Mann, und er wußte, daß er ein menschliches Wrack vor sich hatte. Dieser Mann war krank, innerlich zerfressen vom Rauschgift. Er hätte Hilfe gebraucht. Einen Arzt. Jemand, der ihm neue Hoffnung hätte geben können. So, wie er aussah, war er bald am Ende, saß ihm der Sensenmann im Nacken.

John Letheritt lächelte, als hätte er Leons Gedanken erraten. »Schlimme Bude ist das«, sagte er. »Ein Rattenloch.« Er zog die Knie an und umschlang sie mit den Armen. »Wer sind Sie?« fragte er plötzlich. »Sie heißen nicht Jones, nicht? Der andere, der letztesmal kam, der hieß vielleicht Jones. Ich habe ihn nicht gefragt. Er ist die Treppe hinuntergefallen, und er fiel mit dem Kopf gegen das Geländer. Ein Glück war es, daß er sich nicht das Genick gebrochen hat.«

Leon lächelte. »Können Sie nicht heizen hier drin?« fragte er.

»Heizen? Was soll ich verheizen? Meine Kleider? Der, der vor mir hier wohnte, hat die Fußbodenbretter rausgerissen und in den Ofen getan. Und einmal, im Winter vor zwei Jahren, soll sich einer selbst angezündet haben, weil ihm so saumäßig kalt war.« John Letheritt stützte sein Kinn auf die angezogenen Knie und musterte Leon neugierig. »Von Scotland Yard sind Sie nicht, das steht fest. Gwenda würde sich hüten, Scotland Yard zu bemühen. Ich wette, daß sie nicht einmal ihren richtigen Namen angegeben hat.«

Leon sagte nichts, aber er wich dem forschenden Blick von John Letheritt nicht aus. Er versuchte, dessen Alter zu schätzen, aber das war schwierig. Sein Gesicht war eingefallen. Die Augen lagen in tiefen Höhlen und sein Haar klebte ihm in Strähnen an der schweißnassen Stirn.

»Miß Brown«, sagte er plötzlich und kicherte. »Nicht wahr, sie hat sich Miß Brown genannt?«

Leon holte tief Luft. »Gwenda will die Briefe haben und alles, was Sie sonst noch dazu benützen, sie zu erpressen, Dr. Letheritt!« sagte er mit fester Stimme.

John Letheritt machte sich noch kleiner auf dem Bett, rutschte auf der Decke zurück, bis er mit dem Rücken gegen die Wand stieß. Wortlos starrte er Leon an. Minuten verstrichen. Plötzlich hob er den Kopf und starrte zur Decke hoch. »Einmal«, sagte er düster, »einmal fällt mir das Dach auf den Kopf.«

Leon sah ein, daß er so leicht mit diesem Mann nicht fertig werden würde. Was immer auch die Drogen mit ihm angerichtet hatten, ab und zu schien sein Verstand glasklar zu arbeiten.

»Mein Name ist Gonsalez«, sagte Leon deshalb. »Ich bin vom Silbernen Dreieck, falls Ihnen der Name etwas sagt.«

Der Ausdruck in den hellen glitzernden Augen veränderte sich sofort, wurde mißtrauisch und lauernd.

»Die Drei Gerechten«, stieß John Letheritt leise hervor, und seine rechte Hand tastete nach einer der alten schmutzigen Wolldecken, die zerwühlt auf dem Bett lagen. Langsam zog er die Decke zu sich heran und an sich hoch, so, als wollte er sich gegen die Kälte schützen, die ihn plötzlich frösteln ließ. Er ließ keinen Blick von Leon, aber seine Lippen begannen zu zittern. »Der Winter kommt«, sagte er. »Das Haus ist kalt. Das ganze Haus ist kalt. Im letzten Winter erfror Lucy.«

»Dr. Letheritt, Sie könnten jederzeit Hilfe bekommen«, sagte Leon mit ruhiger Stimme. »Warum geben Sie dieses Hundeleben nicht auf. Warum . . .«

»Schweigen Sie!« unterbrach ihn John Letheritt mit schriller Stimme. »Was wissen Sie schon von meinem Leben. Was wissen Sie überhaupt? Mein Leben ist ein gutes Leben! Was wollen Sie von mir?«

»Sie sind ein Erpresser, Dr. Letheritt«, sagte Leon kalt. »Und Erpresser sind ein schlimmes Übel unserer Gesellschaft. Sie wissen doch, daß der jungen Dame gar nichts mehr anderes übrigbleibt, als gegen Sie vorzugehen!«

»Das kann sie machen! Sie soll mich ruhig verhaften lassen! Wäre doch nicht das erstemal, daß man mich einlocht!« John Letheritt schlotterte jetzt unter der Decke wie ein frierender Schloßhund. Das Fieber glühte in seinen Augen. Er preßte die Faustknöchel seiner rechten Hand gegen die Zähne. »Jetzt wird es ernst, nicht wahr? Gwenda hat meine Warnung nicht beachtet.«

»Geben Sie mir die Briefe, und ich lasse Sie in Ruhe«, forderte Leon ihn auf.

»Niemals. Warum informiert Gwenda nicht Scotland Yard?« John Letheritt lachte, und seine Stimme wurde beinahe kreischend. »Vielleicht setzt sie es sogar durch, daß meine Wohnung durchsucht wird. Sie soll sich das nur einmal ausdenken, wie das sein wird, wenn man die Briefe in aller Öffentlichkeit im Gerichtssaal vorliest.«

»Was könnte ihr passieren? Nicht sehr viel, nicht wahr? Selbst wenn sie damals einen Fehler gemacht hat. Die Verantwortung tragen Sie, Dr. Letheritt. Sie waren damals Gwendas Vorgesetzter, nicht wahr?«

Er senkte den Kopf. »Ja«, sagte er leise. »Ich trage die Verantwortung. Es war meine Schuld.«

»Na, sehen Sie. Die junge Dame will nur nicht, daß es zu einem Skandal kommt. Wie Sie wissen, ist sie seit kurzer Zeit verlobt.«

»Ich weiß!« John Letheritt hob den Kopf, und seine Augen wurden wieder etwas klarer. Er grinste breit. »Wer ist denn der glückliche Bräutigam? Gonsalez? Nein, so stand es nicht in der Zeitung. Gonsalez, das ist kein Name für Gwenda. Was Besseres mußte es sein. Altes englisches Adelsgeschlecht.«

»Wie zum Beispiel?«

»Well, Gonsalez, für wie dumm halten Sie mich eigentlich? Ich verrate Ihnen bestimmt nichts. Wie bleiben Sie mit Gwenda in Kontakt? Über eine Deckadresse, nehme ich an. Sie ist schlau wie eine Füchsin, sag ich Ihnen. Niemand ist ihr gewachsen, nur ich.« John Letheritt ließ die Decke von sich gleiten. Er kroch über das Bett auf Leon zu. Seine Augen glühten. »Verschwinden Sie, Gonsalez, und seien Sie froh, wenn Sie hier mit heiler Haut rauskommen! Los, hauen Sie ab!«

Leon erhob sich. »Warum wollen Sie nicht vernünftig sein und . . .«

John Letheritt sprang vom Bett und blieb dicht vor Leon stehen. »Vernünftig!« fauchte er ihn an. »Glauben Sie denn, ich würde in einem solchen Schweinestall hausen« – er machte eine bezeichnende Handbewegung –, »wenn ich *vernünftig* wäre? Ich . . . Mediziner mit Doktortitel?«

»Sie verpfuschen Ihr ganzes Leben!«

»Das ist meine Sache, Gonsalez!«

»Erpressung und Morddrohung ist eine Sache des Gesetzes!«

»Morddrohung?« John Letheritt spuckte aus. »Wer will mir das beweisen, Gonsalez?«

»Sie haben Fred getötet, nicht wahr?«

»Verschwinden Sie endlich!« brüllte John Letheritt in plötzlich aufflammender Wut und stieß Leon Gonsalez zur Tür hinaus und durch den leeren Raum. Leon erwischte mit einer Hand die Türklinke, drückte sie nieder und wich einem Faustschlag aus, der ihn um Haaresbreite verfehlte.

»Kommen Sie bloß nicht wieder her!« schrie John Letheritt, und er versuchte noch einmal, nach Leon zu schlagen, aber dieser hatte inzwischen die Tür geöffnet, und bevor ihm Letheritt gefährlich werden konnte, hatte Leon die Wohnung verlassen. Ohne Eile ging er die Treppe hinunter. Er hörte, wie die Tür ins Schloß fiel. Danach war es still im Haus. Unten, im Erdgeschoß, saß noch immer der Mann in der Ecke, der die Ratte gefüttert hatte. Er blickte auf, als Leon zur Haustür ging.

Fünf Minuten nach elf Uhr läutete auf dem Schreibtisch im Büro von Kriminalinspektor Philander Dearborn das Telefon.

Die Putzfrau, die gerade dabei war, die Mülleimer zu leeren, geriet fast in Panik, weil sie der einzige Mensch war, der sich zur Zeit in diesem Stockwerk aufhielt. Außer Inspektor Dearborn, aber der hockte seit eineinhalb Stunden in einem gewissen Örtchen und las einen Kriminalroman. Ab und zu konnte sie ihn ins Taschentuch schneuzen hören, und bis zum Läuten des Telefons war sie eigentlich froh gewesen, daß er nicht wie ein Krauskragengeier hinter seinem Schreibtisch hockte und ihr beim Arbeiten zusah.

Aber jetzt klingelte das Telefon.

Sie hoffte, daß er noch rechtzeitig ins Office stürzen würde, und starrte gebannt auf den schwarzen Apparat, den sie für ein Teufelswerk moderner Technik hielt. Und mit jedem neuen Schrillen prickelte ihr die Haut im Nakken. Das Rauschen der Spülung drang durch den Flur ins Büro, aber Inspektor Philander Dearborn hatte entweder Schwierigkeiten mit seiner Hose, oder er war an der spannendsten Stelle des Romans angelangt.

Mit dem Mut der Verzweiflung ergriff die Putzfrau den Hörer und hob ihn ruckartig zum Ohr.

»Dearborn!« dröhnte es im Hörer. »Ich bin's, Poiccart.«

Die Putzfrau holte tief Luft. »Niemand da«, sagte sie dann schnell. »Rufen Sie später wieder an!« Und ohne eine Antwort abzuwarten, drückte sie den Hörer hastig auf die Gabel zurück, packte den Putzeimer und den Schrubber und flüchtete aus dem Büro. Draußen geriet ihr Inspektor Dearborn so unverhofft in den Weg, daß sie vor Schreck den Eimer fallen ließ. Das Dreckwasser schwappte über, floß zur Treppe und tropfte Kriminalunterkommissar Peter Roos auf den Kopf, der vom unteren Stock die schmale Spalte in der Mitte des Treppenhauses hochguckte und fragte, was zum Teufel denn nun schon wieder los sei.

Bevor ihm jemand eine Antwort geben konnte, läutete erneut das Telefon, und diesmal nahm Philander Dearborn den Anruf persönlich entgegen.

»Dearborn«, knurrte er mürrisch. »Was ist los?«

»Sagen Sie Ihrer dämlichen Sekretärin, daß ich sie mir bei Gelegenheit vorknöpfen werde!« kam es durch die Leitung zurück. »Glauben Sie denn, ich rufe Sie mitten in der Nacht an, um mich zum Narren halten zu lassen?«

Dearborn lehnte sich schmunzelnd im Stuhl zurück. »Sind Sie das, Poiccart?« fragte er mit vor Spott triefender Freundlichkeit.

»Natürlich bin ich das«, rief Poiccart grimmig. »Was zum Teufel ist nur los bei euch im Yard?«

»Meine Putzfrau läuft Amok, Poiccart«, grinste Dearborn, wurde aber sofort ernst, als Peter Roos den Kopf durch den Türspalt streckte, die Brille mit Dreckwasser verspritzt. »Was verschafft mir die Ehre, Poiccart?«

»Leon ist verschwunden.«

»Gonsalez?« fragte Dearborn überrascht. »Well, an Ihrer Stelle würde ich mit der Vermißtenanzeige bis nach Mitternacht warten, da es sich ja bei Ihrem Partner nicht gerade um einen hilflosen Irren handelt oder um einen Verzweifelten, der sich von der Tower Bridge stürzen könnte.«

»Er hat entgegen meines Rates einen merkwürdigen Fall übernommen, Inspektor, und es könnte gut sein, daß ihm etwas zugestoßen ist.«

Inspektor Dearborn hörte das Wort »Fall« und wurde sofort hellwach. Er klemmte den Hörer zwischen Schulter und Ohr ein, ergriff einen Bleistift und bedeutete seinem Kriminalunterkommissar, er solle doch mal nach der Klosettspülung sehen, die wieder einmal zu klemmen schien.

»Well, dann machen Sie mir mal ein paar brauchbare Angaben, Poiccart! Auf was hat er sich denn schon wieder eingelassen? Mord?«

»Verehrtester Inspektor, Sie haben sicherlich Verständnis dafür, daß ich Ihnen beim jetzigen Stand unserer Ermittlungen keine genauen Auskünfte geben kann.«

»Und warum nicht, wenn ich fragen darf?«

»Das Leben unserer Klientin würde dadurch unnötig gefährdet, Inspektor.«

»Well, was könnte ich dann für Sie tun, Poiccart?« fragte Dearborn und zerknüllte aus Enttäuschung den Zettel, auf dem er sich ein paar Notizen hatte machen wollen.

»Leon ging heute abend zur Whitechurch Street, und die ist in einer finsteren Gegend. Er wollte sich nicht begleiten lassen, hat uns aber gestattet, Scotland Yard anzurufen, falls er bis elf nicht zurück sei oder sich nicht gemeldet habe.«

»Und?«

»Es ist jetzt nach elf Uhr, Inspektor!«

»O ja, natürlich.« Inspektor Dearborn lehnte sich zurück. »Eine genaue Adresse gibt es wohl nicht, wie?«

»Lion Row«, sagte Poiccart. »Er wollte sich dort mit jemandem treffen.«

»Hausnummer?«

»Keine Ahnung«, log Poiccart.

»Name der Person?«

»Jones. Oder Miller. Genau weiß ich das nicht mehr.«

»Verstehe. Well, Poiccart, obwohl ich es nicht für meine Aufgabe ansehe, einem von euch aus der Klemme zu helfen, werde ich eine Ausnahme machen. Ich bin in einer Viertelstunde in der Curzon Street. Halten Sie sich bereit.«

Bevor ihm Raymond Poiccart eine Antwort geben konnte, hatte Dearborn aufgelegt. Er angelte seine Nasentropfen aus der Jackentasche, legte den Kopf zurück und tat zwei, drei Tropfen ins linke Loch, das ihm in dieser Nacht besonderen Ärger machte. Als Peter Roos hereinkam, konnte er wenigstens einigermaßen frei atmen. »Übernehmen Sie den Laden hier, Roos«, sagte er und nahm seinen Mantel vom Haken. »Rufen Sie den Bereitschaftsraum an. Ich brauche einen Wagen, und zwar nullkommaplötzlich!«

Bevor er es wagte, die Treppe hinunterzugehen, hielt er verstohlen nach der Putzfrau Ausschau. Er traute ihr einen heimtückischen Angriff mit Besen und Scheuerlappen ohne weiteres zu. Die gute Frau hatte es jedoch vorgezogen, in einem anderen Stockwerk weiterzuarbeiten.

4. Kapitel
Kein Risiko

Zuerst hielt ein Taxi vor dem kleinen Haus in der Curzon Street. Es war fünf vor halb zwölf. Rymond Poiccart war eben dabei, seinen Revolver zu überprüfen, und George Manfred gab ihm ein paar wohlgemeinte Ratschläge. Er stand beim Fenster, und als er den Mann sah, der dem Taxi entstieg, pfiff er durch die Zähne.

Raymond Poiccart, der das Auto gehört hatte, hob den Kopf. »Was ist?« fragte er ungeduldig. »Hat er etwa endlich seinen neuen Dienstwagen gekriegt?«

»Vergiß den Revolver, Raymond, und dann überleg dir lieber, wie du Dearborn besänftigen willst.«

Poiccart kam sofort zum Fenster, und zu seiner Überraschung sah er, wie Leon Gonsalez den Taxifahrer bezahlte und dann im Lichtschein einer Straßenlaterne kurz zum Fenster hochwinkte.

Kaum war das Taxi weitergefahren und Leon im Haus, fuhr unten der neue Dienstwagen von Inspektor Dearborn vor, ein schwarzer Wolseley mit Suchscheinwerfern und auf Hochglanz poliert. Dearborn stieg aus und blickte zum Fenster hoch. Manfred grinste breit, und Poiccart lief die Treppe hinunter, um Dearborn hereinzulassen. Unten an der Garderobe stand Leon Gonsalez und hängte seinen Mantel an den Haken.

»Besuch?« fragte er beiläufig.

»Eigentlich nicht«, gab Poiccart grimmig zurück und rückte seinen Schlips zurecht. »Weißt du vielleicht, wie spät es ist?«

Leon blickte seinen Partner prüfend an. »Halb zwölf. Wieso?«

»Zu spät«, stieß Poiccart hervor und machte die Tür auf. »Viel zu spät.«

Leon schickte sich an, die Treppe hinaufzugehen, als er eine wohlbekannte Stimme vernahm.

»Well, Poiccart, ich hoffe zu Ihrem Wohl, daß dies nicht ein Fehlalarm ist. Vielleicht treibt sich Gonsalez da draußen in irgendwelchen Kneipen herum, und . . .« Philander Dearborn brach jäh ab, als er im Licht der Flurlampe Leon Gonsalez stehen sah, offensichtlich bei bester Gesundheit und so munter wie eh und je. Die Augen des Inspektors wurden schmal, und ein kaltes Glitzern leuchtete jetzt in ihnen. Diese Augen waren es, die ihm zu dem Spitznamen »Snake-Eye« verholfen hatten, den allerdings in seiner Gegenwart nur äußerst wenig Leute auszusprechen wagten. Und einer von ihnen war Leon Gonsalez.

»Snake-Eye«, sagte er. »Mit Ihnen hätte ich am allerwenigsten gerechnet. Wir haben uns eine Ewigkeit nicht mehr gesehen.« Leon lächelte. »Bitte lassen Sie sich von Poiccart nicht aufhalten, ich bin sicher, daß sich im Haus noch ein ausgezeichneter Scotch finden läßt, mein Freund.«

»Der Teufel ist Ihr Freund, Gonsalez«, stieß der Inspektor wütend hervor. »Ich dachte, wir könnten Sie morgen, sobald der Nebel sich lichten würde, als Wasserleiche aus der Themse fischen.«

Leon Gonsalez verzog sein Gesicht.

»Und wie kommen Sie zu dieser phantastischen Annahme, Verehrtester?« fragte er verständnislos.

»Ich habe ihn angerufen«, sagte Poiccart. »Erinnerst du dich denn nicht an unsere Abmachung? Wenn du bis elf nicht zurück bist, rufe ich Scotland Yard an.«

»Und das hast du getan?«

»Ja. Sicher. Wir machten uns Sorgen.«

»Und da hast du Scotland Yard alarmiert?«

»Ja.«

»Snake-Eye?«

»Wen denn sonst. Er ist der einzige, der wirklich was taugt, wenn's darauf ankommt.« Poiccart sagte es so, daß Dearborn gar nicht umhin kam, sich über das Kompliment zu freuen.

Äußerlich wollte er sich zwar nichts anmerken lassen, aber wäre er ein Pfau gewesen, er hätte glatt ein Rad geschlagen.

»Und welche Informationen hast du dem guten Inspektor gegeben, Raymond?« fragte Leon mit gefährlich leiser Stimme. Langsam kam er zur Tür, und er behielt Dearborn im Auge, der die Arme über der Brust verschränkt hatte und ein Gesicht machte, als hätte er eben ein neues Schnupfmittel endeckt, das tatsächlich wirkte.

»Wir wollten dir nur zur Hilfe eilen«, sagte Raymond Poiccart mit offener Entrüstung in der Stimme. »Selbstverständlich habe ich unserem Freund, dem Inspektor, nur die allernotwendigsten Informationen gegeben. Ich sagte ihm, daß wir uns in der Gegend der Whitechurch Street umsehen sollten, womöglich in der Lion Row.«

Leon atmete auf. »Well, dann«, sagte er und klopfte Dearborn kameradschaftlich auf die Schulter. »Nichts für ungut, Verehrtester, aber es handelt sich bei dieser Aktion offensichtlich um einen der üblichen Leerläufe Scotland Yards. Ich hoffe, Sie lassen sich durch einen guten Scotch versöhnlich stimmen.«

Leon hakte sich bei Inspektor Dearborn ein und führte ihn am verdutzten Poiccart vorbei ins Haus und die Treppe hoch in den Salon, wo inzwischen George Manfred eine Flasche Johnnie Walker aus der Bar geholt hatte.

Erst als Inspektor Philander Dearborn das kleine Haus an der Curzon Street verlassen hatte und Ruhe eingekehrt war, gestand Leon seinen beiden Partnern, daß er noch im St.-Johns-Hospital gewesen war, um ein paar Informationen einzuholen.

»Natürlich war Dr. Letheritt dort nie angestellt, und auch keine Assistentin, deren Vorname Gwenda gewesen wäre.«

»Dann könnte die ganze Geschichte nichts anderes als reine Erfindung sein«, sagte Manfred und goß sich noch einen Whisky ein. »Aber wieso kommt sie zu uns, wenn die Geschichte nicht wahr ist? Sie muß sich doch denken können, daß irgendwann die Wahrheit herauskommt.«

»Die Wahrheit ist, daß Miß Brown – oder wie auch immer sie heißen mag – von John Letheritt erpreßt wird. Dies hat er selbst zugegeben. Der Mann ist ein Versager, der seinem Selbstmitleid erlegen ist. Das hat ihn völlig ruiniert. Zuerst der Alkohol. Dann Rauschgift. Noch ist er körperlich kräftig genug, auf die Beine zu kommen, aber schon in ein paar Monaten wird er in seinem eigenen Dreck liegenbleiben und elend zugrunde gehen.« Leon lehnte sich im Polsterstuhl zurück und schlug die Beine übereinander.

»Glaubst du, daß er die Briefe und was immer er auch in den Händen hat, um Miß Bro . . . um Gwenda zu erpressen, tatsächlich in seinem Rattenloch aufbewahrt?« fragte Raymond Poiccart.

Leon nickte. »Davon bin ich überzeugt. Sein ganzes Auftreten war entsprechend. Außerdem gibt es in dieser Bude genügend ausgezeichnete Verstecke.«

»Und was hast du jetzt vor?«

»Keine Ahnung. Wenn er gelegentlich das Haus verließe, wäre die Sache höchst einfach.«

»Er hat Fred umgebracht. Und dazu mußte er aus dem Haus.«

»Sicher. Aber wie lange ist das her! Länger als drei Wochen.«

»Und wovon lebt er?«

»Von Zeug, das er sich nachts vom Müll holt. Natürlich verläßt er ab und zu das Haus. Wahrscheinlich nur bei

Nacht und Nebel. Er muß sich ja auch das Gift kaufen, nachdem er süchtig ist.«

»Opium?«

Leon nickte. »Und anderes Zeug. Medikamente. Alles, was die Schmerzen betäubt. Es muß furchtbar aussehen in seinem Innern. Ich bin sicher, daß er nicht mehr lange durchhält.«

»Das kommt wohl in erster Linie darauf an, ob er das Geld bekommt, das er von der jungen Dame haben will. Einerseits wird er es für die Drogen brauchen, die ihn am Leben erhalten, andererseits bringt er sich dadurch langsam, aber sicher um.«

Manfred trank einen Schluck. »Teufel, ich bin froh, daß ich nicht in seiner Haut stecke.«

»Wir könnten ihn Scotland Yard überlassen«, schlug Poiccart vor. »Wahrscheinlich würde man ihn in eine Entwöhnungsanstalt stecken.«

»Das geht nicht. Wer immer auch diese Miß Brown sein mag, sie vertraut mir, und damit vertraut sie auch dem Silbernen Dreieck. Wir könnten den Laden dichtmachen, wenn sich Leute in Not nicht mehr an uns wenden und sicher sein können, daß wir ihren Fall mit absoluter Diskretion behandeln. Die ich Miß Brown übrigens zugesichert habe, Raymond.«

Poiccart wiegte den Kopf. »War nur ein Vorschlag, Leon. So, wie du die Sache dargestellt hast, geht dieser arme Schlucker auf eine elende Art zugrunde. Wäre es nicht unsere Pflicht, wenigstens den Versuch zu machen, ihn davor zu bewahren?«

»Sicher. Nur nicht auf Kosten des Opfers.«

»Miß Brown?«

»Ja. Letheritt hängt an ihr wie ein Blutegel. Bei allem Wohlwollen kann ich einfach nicht vergessen, daß wir es hier mit einem skrupellosen Verbrecher zu tun haben, der unschädlich gemacht werden muß.«

»Und wie willst du vorgehen?« fragte Manfred noch einmal.

»Ich werde versuchen, ihn aus dem Haus zu locken.«

»Wie?«

»Ich schicke ihm morgen in aller Frühe ein Telegramm und lasse ihn zur Southwark Cathedral kommen.«

»Unterschrift Gwenda?«

Leon nickte und erhob sich gähnend. »Well, es wird Zeit«, sagte er. »War ein anstrengender Tag. Gute Nacht.«

Sie wußten, daß es keinen Sinn hatte, ihm noch weitere Fragen zu stellen. Wahrscheinlich noch während Inspektor Dearborn hier gewesen war, hatte Leon Gonsalez einen Plan geschmiedet. Was er ihnen hatte sagen wollen, hatte er gesagt. Der Rest blieb so lange ein Geheimnis, wie er sich mit dem Fall beschäftigte, und weder Manfred noch Poiccart zweifelten daran, daß es ihrem Partner gelingen würde, ihn zu lösen.

Leon fand den Mann, den er suchte, in einer kleinen Taverne, draußen in Milltown bei den Docks. Der Mann war Lew Leveson, und er trug schneeweiße Gamaschen, einen mausgrauen Anzug und eine schwarze Trauerbinde am Arm. Als er Leon Gonsalez erkannte, blickte er zur verrauchten Decke der Kneipe auf, als ob er von dort oben Hilfe erwarten könnte.

Leon setzte sich neben ihn auf einen Barhocker und bestellte sich einen Gin. Dann tat er für eine Weile so, als wäre er nur zu fällig hergekommen, und erzählte Lew den gesamten Ablauf des letzten Heimspieles seiner Lieblings-Fußballmannschaft, Southwark United. Lew gähnte in sein leeres Glas hinein, und Leon gab einen aus.

»Ich laß mich nicht bestechen«, sagte Lew Leveson. »Ich kann meine Drinks selbst bezahlen.«

Leon lächelte. »Wenn du willst, kannst du ja auch eine Runde ausgeben«, sagte er.

Lew Leveson kniff seine kleinen Rattenaugen etwas zusammen. Er war ein windiger Kerl, mager wie ein Hinterhofhund, mit einem schiefen Fuchsgesicht. In der Londoner Unterwelt kannte man ihn eigentlich nur als »Die Nase«, und es hätte wohl für diesen kleinen Gauner keinen treffenderen Spitznamen gegeben.

»Was willst du von mir, Gonsalez?« fragte er und nippte an seinem Whisky.

»Nichts Großes«, gab Leon zurück.

»Ich bin nicht scharf auf Arbeit.«

»Wenn das Snake-Eye zu Ohren kommt, läßt er dich nicht mehr in Ruhe, Lew. Du weißt ja, wie er ist. Wenn einer von euch mehr als ein paar Groschen in der Tasche hat, ist sein Mißtrauen geweckt.«

»Ich habe nichts auf dem Kerbholz.« Lew Leveson stellte das Glas auf die Theke zurück. »Ehrliches Geld. Ehrliche Arbeit. Außerdem hatte ich Glück beim Rennen.«

»So siehst du aus.«

»Ehrlich.«

Leon nickte. »Versuch Snake-Eye zu überzeugen, wenn er aufkreuzt.«

Leon trank sein Glas leer und bezahlte. Nur seinen eigenen Drink. Als er sich erhob, hielt ihn Lew Leveson am Ärmel zurück.

»Was willst du?« fragte er.

»Hausdurchsuchung.«

»Bei wem?«

»Keine Namen, Lew. Ich brauche nur einen Spürhund.«

»Und wie kommst du auf mich?«

»Ich kenne keinen besseren als dich.«

»Den Schmus kannst du dir sparen, Gonsalez. Was liegt drin für mich ?«

»Was hältst du von fünf Pfund?«

»Ein Almosen.«

»Zwanzig.«

»Und das Risiko?«
»Kein Risiko.«
Lew Leveson schüttelte den Kopf. »Das gibt es nicht. Du kommst nicht zu mir, wenn kein Risiko dabei ist. Hör mal, ich will nicht im Knast überwintern. Dazu geht es mir momentan zu gut.«
»Kennst du die Gegend um die Whitechurch Street?«
»Ein bißchen. Warum?«
»Lion Row?«
»Üble Gegend.« Die Augen des kleinen Mannes belauerten Leon. »Ungesunde Gegend. Zu viele Ratten dort.«
»Jemand hat dort in einer Wohnung Zeug versteckt, das ich haben will.«
»Was für Zeug?«
»Briefe.«
»Ah. Es geht um Erpressung, wie?«
Leon sagte nichts darauf. Eine Weile schwiegen sie beide, ohne sich anzusehen. Lew Leveson drehte das Glas in seinen dünnen Fingern und starrte hinein. Plötzlich hob er den Kopf.
»Wann?« fragte er.
»Heute abend. Niemand wird dort sein.«
»Rückendeckung? Du?«
»Ja, ich.«
»Und sonst niemand?« Levesons Augen wurden noch mißtrauischer.
Leon lachte. »Das genügt. Ich habe dir doch gesagt, daß kein Risiko dabei ist.«
»Hoffentlich hast du recht«, sagte Lew Leveson und trank sein Glas leer.

John Letheritt verließ das Haus in der Lion Row um sechs Uhr am Abend. Es war längst dunkel, und wie immer, wenn er ungesehen bleiben wollte, benutzte er die Hintertür, die in eine schmale Häuserlücke hinausführte. Er traf sich in der Brewer Street an einem ganz bestimmten Platz mit einem Mann, der den Mantelkragen hochgestellt und den Hut so tief ins Gesicht gezogen hatte, daß von ihm nicht mehr als die Nase und das Weiß der Augen zu sehen war.

Der Mann stand in einer finsteren Häusernische, trat nur kurz in den Schein einer entfernten Straßenlaterne, um sich bemerkbar zu machen. Dann verschwand er sofort wieder. John Letheritt folgte ihm. Der Mann roch nach einem exotischen Parfüm. Als ihm John Letheritt zu nahe kam, trat er sofort noch einen Schritt zurück.

»Was brauchst du?« fragte er.

»Kann ich nächstesmal bezahlen?« fragte John Letheritt zurück.

»Was ist? Legt deine Gans keine Eier mehr?« Die Stimme des Mannes war eiskalt. »Du weißt, daß ich nichts auf Kredit abgebe, Letheritt.«

»Sie zahlt bestimmt. Nächste Woche.«

»Vielleicht will sie nicht mehr.«

»Sie hat keine Wahl. Sie muß zahlen.«

Der Mann seufzte. »Ich will keinen Ärger, hörst du! Du kriegst, was du bezahlen kannst. Nicht mehr und nicht weniger.«

»Ich habe zwei Pfund.«

»Das ist zuwenig.«

»Ich weiß. Ich zahle nächste Woche mehr. Ich zahle dir neunzig Pfund nächste Woche. Oder hundert, wenn du willst. Aber ich brauche das Zeug. Ich habe nichts mehr.« John Letheritts Stimme wurde schrill und flehend. Er tastete mit der Hand nach dem Mann, kriegte ein Stück Mantelstoff zwischen die Finger und zerrte daran.

»Was tust du da?« sagte der Mann scharf. »Laß den Mantel los, zum Teufel!«

»Siehst du nicht, daß ich was brauche«, stieß John Letheritt verzweifelt hervor. »Seit drei Tagen habe ich nichts mehr. Ich kann das nicht länger aushalten, verstehst du.«

»Du weißt, daß du bezahlen mußt.«

»Ja! Ja, natürlich. Nächste Woche bezahle ich bestimmt!«

»Und wenn du nicht bezahlst, nächste Woche?«

»Du weißt, wo du mich finden kannst. Keine Sorge, ich werde schon bezahlen.« John Letheritt ließ den Arm des Mannes los. Er lachte kichernd. »Ich weiß doch, was mir sonst blüht.«

»Mit Leuten, die nicht mehr bezahlen, macht der Gelbe Drache kurzen Prozeß, Letheritt.«

»Ich weiß. Ich verspreche dir, daß ich bezahle.«

»Man würde dich sonst eines Tages in einem Kanalschacht finden.«

»Ja. Ich weiß.«

»Gut.« Der Mann holte eine Papiertüte aus dem Mantel, und John Letheritt griff hastig danach.

»Montag bezahlst du, Letheritt. Ich erwarte dich hier. Zur selben Zeit.«

»Montag, zur selben Zeit«, nickte John Letheritt, aber noch bevor er ausgesprochen hatte, hatte sich der Mann in Nichts aufgelöst. John Letheritt versorgte die Tüte im Mantel und eilte die Brewer Street hinunter bis zur Bridle Line. Dort, in einem der halbzerfallenen Häuser, verkroch er sich im Kellergewölbe und nahm die kleine Pfeife heraus. Seine Finger zitterten, und er mußte aufpassen, daß er nichts verschüttete, aber nachdem er ein paar Züge getan hatte, wurde er ruhiger. Er sog den Rauch tief in seine Lungen, lehnte sich gegen die feuchte Wand und schloß die Augen. Fast eine Stunde blieb er allein in diesem finsteren, kalten Loch, aber mit jedem neuen Zug, den er tat, fühlte er sich besser. Schließlich erhob er sich und ging hinunter zum Golden Square. Dort, in einer kleinen Kneipe, wo man ihn kannte, konnte er sich auf Kredit betrinken.

Lew Leveson folgte Leon in das Haus, in dem Letheritt wohnte.

Unten, neben der Kellertüröffnung, hockte der Mann, mit dem sich Leon schon das letztemal unterhalten hatte. In seinem Schoß lag eine leere Schnapsflasche. Er war wach, aber betrunken.

Als ihn Leon fragte, ob John Letheritt das Haus während der letzten Stunde verlassen hatte, nickte er und zeigte zur Hintertür.

»Er ist – hupp – Harp beinahe auf den Schwanz getreten«, lallte er, und sein Kopf fiel vornüber.

Leon war zufrieden. Er wandte sich an Leveson, der bei der Treppe gewartet hatte.

»Dritter Stock«, sagte er noch einmal. »Ich bleibe hier unten. Falls was ist, pfeife ich.«

»Du hältst ihn besser auf, falls er zurückkommt«, sagte Leveson, während er die Treppe hinaufging. Er bewegte sich so geschickt, daß nicht eines der alten Bretter knarrte, und auch nachdem er verschwunden war, blieb es im Haus totenstill.

Leon lehnte sich gegen die Wand. Eigentlich wäre er gern mit Leveson in die Wohnung gegangen, aber der kleine Gauner bestand darauf, seine Arbeit allein zu verrichten. Außerdem wollte er unbedingt die Sicherheit haben, daß er nicht plötzlich von jemandem überrascht wurde.

So wartete Leon unten am Fuße der alten Holztreppe. Eine Stunde verging. Zwar rechnete Leon nicht mit einer schnellen Rückkehr von John Letheritt, aber allmählich fing er an, ungeduldig zu werden. Er hatte Letheritt zur Southwark-Kathedrale bestellt. Bis dorthin waren es ungefähr sechs Kilometer. Vielleicht sogar etwas mehr. Davon ausgehend, daß John Letheritt kein Geld für ein Taxi hatte und wahrscheinlich zu Fuß unterwegs war, konnte er vor Mitternacht gar nicht zurück sein.

Es mochte etwa zehn Uhr in der Nacht sein, als sich Leon entschloß, selbst nachzusehen. Er warf einen Blick auf den Betrunkenen, der leise vor sich hin schnarchte, und ging dann die Treppe hinauf.

Obwohl er sich Mühe gab, leise aufzutreten, knarrten einige der alten Bretter unter seinem Gewicht. Er wunderte sich noch einmal über die Lautlosigkeit, mit der sich Lew Leveson bewegt hatte.

Oben im dritten Stock gab es nur eine Tür, und die führte in die Wohnung von John Letheritt. Leon drückte sachte die Klinke nieder. Die Tür gab nach. Er öffnete sie einen Spalt und rief leise Levesons Namen.

Er bekam keine Antwort.

Irgendwo im Haus lief kratzend ein altes Grammophon oder ein Radio. Klassische Musik. Wagner wahrscheinlich.

Leon öffnete die Tür weit und trat ein. Er zögerte einen Moment, bevor er die Tür hinter sich ins Schloß drückte. Es war still in der Wohnung. Die nackte Glühbirne brannte. So leise wie möglich ging Leon durch den kalten leeren Raum. Sein eigener Schatten überholte ihn und kroch an der kahlen Wand hoch. Bevor er die Tür erreichte, die in den anderen Raum führte, blieb er stehen. Er hatte ein ungutes Gefühl, und er zog seinen Revolver aus dem Mantel und spannte den Hammer. Langsam ging er auf die Tür zu. Sie war nur angelehnt. Leon stieß sie mit dem Fuß auf. Sie öffnete sich langsam und ächzend, gab ihm den Blick frei auf den alten Küchentisch im düsteren Zwielicht des Raumes, in dem John Letheritt hauste. Durch die Fensterscheiben leuchtete das Blau einer Neonreklame, wechselte über zu Grün und beleuchtete den Mann, der am Tisch saß.

»Lew«, sagte Leon leise. Es schien, als ob Lew Leveson den Kopf etwas anheben würde, aber es war nur das wechselnde Neonlicht, das ihm geisterhaftes Leben einhauchte.

Leon sah den Griff des Messers, der über seine Schulter hinwegragte. Das Messer steckte tief in seinem Rücken. Leon ging zum Tisch und starrte auf den toten Gauner nieder. Auf seinem Mantel war nicht einmal eine Spur von Blut, aber als ihn Leon antippte, neigte er sich zur Seite und fiel vom Stuhl auf den Bretterboden, auf dem ein paar alte Zeitungen ausgebreitet waren.

5. Kapitel
Keine Spur von Letheritt

Die Beamten der Spurensicherung waren noch immer damit beschäftigt, die kleine Wohnung zu durchsuchen, während Kriminalunterkommissar Peter Roos den Mieter vom obersten Stockwerk verhörte. Der Mann, ein ehemaliger Feuerschlucker, der in Indien aufgewachsen war und auch eine indische Mutter hatte, wollte von nichts gehört haben. Er zeigte auf sein Radio, einen alten Kasten, an dem zwei Knöpfe fehlten, und erklärte Roos, daß er den Abend damit verbracht hatte, Wagners »Tristan und Isolde« zu lauschen, und zwar als Wiederholung einer Übertragung der Bayreuther Musikfestspiele in Deutschland. Roos war nicht sonderlich beeindruckt, ließ den Mann festnehmen und zum Yard schaffen. Auch der Mann, der unten die Ratte gefüttert hatte, wurde vorsorglich ins Revier gebracht, wo man ihn zuerst einmal entlauste.

Unterdessen spielte Kriminalkommissar Philander Dearborn gedankenverloren mit dem chinesischen Krummdolch herum, an dem die Beamten natürlich nicht einen einzigen Fingerabdruck gefunden hatten. Das Blut war weggewischt; die Klinge erstrahlte in kaltem Glanz. »Beinahe ein jungfräuliches Strahlen, das von diesem blanken Stahl reflektiert wird«, sagte Dearborn und hob den Kopf. »Wenn man nicht wüßte, daß mit diesem Messer vor noch nicht einmal einer Stunde ein Mensch umgebracht worden ist, würde man kaum zögern, damit ein Stück Wurst zu schneiden, nicht wahr, Gonsalez?«

Leon saß auf einem Schemel und zerbrach sich den Kopf darüber, wie John Letheritt herausgefunden haben könnte, daß seine Wohnung durchsucht werden würde. War er es gewesen, der hier Lew Leveson erwartet hatte? Er versuchte sich zu erinnern, ob ihm der Dolch aufgefallen war, als er Letheritt einen Besuch abgestattet hatte, aber in dieser Bude herrschte ein derartiges Durcheinander, daß ihm Einzelheiten nicht im Gedächtnis geblieben waren.

»Überlegen Sie sich, ob es John Letheritt gewesen sein könnte?« fragte Philander Dearborn und schabte mit der Klingenspitze unter seinem Daumennagel herum. »Es gibt hier drin nur Spuren von ihm. Nicht wahr, Jungs, der Mörder hat keine Spuren hinterlassen?« Dearborn lachte, aber die Beamten von der Spurensicherung arbeiteten ungerührt weiter.

»Keinen Humor, diese Herren«, brummte Dearborn. Er blickte Leon durchdringend an. »Sehen Sie, wenn Sie mir vertraut hätten, wäre es wahrscheinlich gar nicht zu diesem elenden Verbrechen gekommen, Gonsalez. Der arme Kerl wäre vielleicht noch am Leben . . .«

Leon stand auf, und sein Gesicht rötete sich ein wenig. »Zum Teufel, Dearborn, glauben Sie, ich brauch einen, der mir jetzt Vorwürfe macht, nachdem alles schon passiert ist?«

»Well, ich möchte nur festhalten, daß Ihrem Eigensinn die Schuld zu geben ist, und . . .«

»Sparen Sie sich den Atem! « schnappte Leon ungehalten. Er ließ sich selten dazu hinreißen, die Ruhe zu verlieren, aber im Moment gab er sich tatsächlich die Schuld am Tod von Lew Leveson. Ich hätte ihn nicht allein in die Wohnung gehen lassen sollen, dachte Leon. Ich hätte mich vorher vergewissern sollen, daß tatsächlich niemand in der Wohnung war. Ich hätte . . .

Leon schüttelte den Kopf. »Entschuldigen Sie, Dearborn«, sagte er und ging zum Fenster, wo ein Mann beschäftigt war, den Rahmen mit Talkumpuder zu bestreuen.

»Er ist ganz bestimmt durch dieses Fenster entkommen«,

sagte der Mann, ohne daß ihn Leon nach seiner Meinung gefragt hätte. »Draußen führt die Feuerleiter vorbei, ein altes rostiges Überbleibsel aus dem letzten Jahrhundert. Könnte sein, daß wir morgen mehr Glück haben, wenn wir außen suchen, Mr. Gonsalez.«

Leon warf einen Blick aus dem Fenster. Er sah die rostigen Streben, die im Neonlicht blau aufleuchteten und etwas tiefer im Nebel verschwanden. Ein Konstabler kam durch die Tür und meldete, daß man einen John Letheritt in der Kartei hätte. Und bevor ihn Dearborn daran hindern konnte, gab er die wohl wichtigste Information preis.

»Letheritt ist vorbestraft und hat seine letzte Haft im Wilford-Gefängnis abgesessen. Er . . .«

»Danke, Konstabler!« unterbrach Dearborn den Mann heftig, und der Konstabler zog sich eiligst zurück.

»Bevor Sie eine neue Dummheit machen, lassen Sie sich warnen. Der Fall gehört nun Scotland Yard, und ich habe keine Lust, mir von Ihnen ins Handwerk pfuschen zu lassen. Vergessen Sie also lieber gleich, was der Konstabler gesagt hat, und gehen Sie nach Hause. Sie können die Sache getrost meiner Abteilung überlassen.«

Leon runzelte die Stirn. »Wissen Sie was, Dearborn, ich werde das Gefühl nicht los, daß der Gelbe Drache etwas mit der Sache zu tun hat.«

Dearborn war sofort hellwach. »Wegen dem Dolch?«

»Unter anderem. Die professionelle Art, mit der dieses Verbrechen ausgeführt wurde. Letheritt, ein von Rauschgift zerfressener Mensch, wäre kaum in der Lage gewesen, Leveson zu überraschen und mit einem perfekt geführten Stoß um sein Leben zu bringen.«

»Vergessen Sie nicht, daß Letheritt Medizin studiert hat. Ich traue ihm zu, mit einem Skalpell perfekt umzugehen.«

»Trotzdem glaube ich nicht, daß er uns hier erwartete und diesen heimtückischen Mord verübt hat.«

Dearborn wiegte den Kopf. »Die Fahndung nach ihm läuft. Sobald wir ihn erwischen, wissen wir mehr.« Der Inspektor schneuzte in sein Taschentuch, betupfte vorsichtig seine gerötete Nase und verließ den Tatort. Leon folgte ihm die Treppe hinunter und auf die Gasse hinaus. Manfred erwartete ihn unten. Er war per Taxi gekommen und ärgerte sich, weil ihn die Schutzleute nicht in das Haus gelassen hatten.

»Hast du ihnen gesagt, wer du bist?« fragte Leon, als sie gemütlich im Fond des Taxis saßen.

»Sicher.«

»Und?«

»Einer hat geantwortet, daß jeder herkommen und sich für George Manfred oder womöglich für den Kaiser von China ausgeben könnte. Ich hätte ihm in der ersten Wut beinahe ans Schienbein getreten.«

Leon Gonsalez verzichtete darauf, dem Wilford-Gefängnis einen Besuch abzustatten. Erstens hätte er dadurch nur unnötig Philander Dearborns Zorn herausgefordert, und zweitens rechnete er damit, daß ihm der Inspektor alsbald freimütig über alles Auskunft geben würde, was er selbst dort erfahren hatte.

Tatsächlich kam Dearborn schon am Abend des nächsten Tages zu Besuch. Die Fahndung nach John Letheritt hatte noch nichts ergeben, obwohl sich fast ganz Scotland Yard damit beschäftigte, die Innenstadt Londons nach ihm abzusuchen. Nicht einmal eine Spur hatte man bis jetzt von ihm entdeckt. »Unsere Informanten haben keine Ahnung, wo sich Letheritt verkrochen haben könnte«, sagte Inspektor Dearborn voller Grimm und lehnte den Drink ab, den ihm George Manfred anbot. »Falls er tatsächlich etwas mit dem Gelben Drachen zu tun hat, können wir lange suchen.«

»Wenn er etwas mit dieser üblen Verbrecherorganisation zu tun hat, dann nur als Opfer«, sagte Leon Gonsalez bestimmt. »Letheritt ist kein Berufsverbrecher, und er gehört auch nicht der Unterwelt an. Die einzige Verbindung zum Gelben Drachen könnte das Rauschgift sein.«

»Vielleicht hat er diese Verbrecher um Hilfe gebeten, nach dem Sie so plötzlich bei ihm aufkreuzten und er sich in die Enge getrieben fühlte«, sagte Dearborn, und Leon mußte zugeben, daß dies ein wohldurchdachter Gedanke war.

»Sie sind jedoch nicht hierhergekommen, um mir zu sagen, daß die Fahndung nach Letheritt im Sande zu verlaufen scheint, nicht wahr, Verehrtester?« fragte er und lehnte sich im Polsterstuhl zurück. »Ich nehme an, Sie möchten gern Auskünfte über einen gewissen Klienten von uns.«

Dearborn kniff seine Schlangenaugen etwas zusammen. Er sah jetzt beinahe gefährlich aus.

Leon schmunzelte. Er kannte Dearborn, seit sie sich bei der Aufklärung des Bilderrätsel-Falles zum erstenmal in die Quere gekommen waren. Seither hatte sich zwischen ihnen ein merkwürdiges Verhältnis entwickelt, das allerdings auf gegenseitiger Achtung beruhte, auf Respekt füreinander und vielleicht sogar auf ein wenig Sympathie. Dearborn hatte keinen leichten Stand, den er gehörte einem oft recht schwerfällig funktionierenden Beamtenapparat an, während Leon und seine beiden Partner frank und frei vorgehen konnten. Trotzdem machte sich Leon nichts vor – das Silberne Dreieck brauchte Dearborn, genau wie dieser die drei Detektive brauchte. Auch diesmal war es so. Es kam im Moment nur darauf an, wer wen übers Ohr hauen konnte.

»Ich war im Wilford-Gefängnis«, begann Dearborn vorsichtig.

»Das, Verehrtester, habe ich mir gedacht«, lächelte Leon.

Manfred und Poiccart, der mit verschränkten Armen bei der Tür stand und sein Butlergesicht aufgesetzt hatte, wechselten einen vielsagenden Blick.

»Man hat mir dort einiges über John Letheritt erzählt, Gonsalez«, sagte Dearborn.

»Interessant, Inspektor. Ich nehme an, die Informationen sind zur Aufklärung des Falles von gravierender Bedeutung?«

»Hm.« Dearborn wiegte den Kopf. »Wir sollten vielleicht einen Gedankenaustausch vornehmen, Gonsalez. Sie erzählen mir etwas über Ihren Klienten, und ich erzähle Ihnen, was ich im Wilford-Gefängnis erfahren habe.«

»Dann fangen Sie mal an, Dearborn.«

»Wieso ich?«

»Weil ich mir nicht vorstellen kann, was es über einen Mann zu erzählen gäbe, der ein paar Monate wegen Besitz von Rauschmitteln im Gefängnis war. Häftlinge verbringen meistens eine nicht sehr abwechslungsreiche Zeit hinter Gittern, Verehrtester.«

»Nicht im Wilford-Gefängnis, Gonsalez. Dort werden nämlich Sträflinge untergebracht, denen die Möglichkeit gegeben werden soll, einen Beruf zu erlernen.«

»Ein sogenanntes Branchengefängnis«, sagte George Manfred, der einen neuen Ferienprospekt aus Österreich durchblätterte. Er liebte die Alpenländer und war der stolze Besitzer einer hübschen Edelweißsammlung, alle Exemplare eigenhändig und unter absoluter Todesgefahr gepflückt, wie er zu versichern pflegte.

»Maidstone ist zum Beispiel das Weber- und Strumpfwirker-Gefängnis, Shepton Maller das Färbergefängnis und Wilford das Buchbinder- und Druckergefängnis.«

»Also hat der ehemalige Mediziner John Letheritt eine Umschulung durchgemacht und das Buchdruckerhandwerk erlernt?«

»Nicht ganz. Seine Haftstrafe war nicht lang genug.«

»Und warum hat man ihn dann dort untergebracht?«

»Das ist eben der springende Punkt, Gonsalez.« Dearborn lehnte sich zurück, kramte in seiner Jackentasche herum und brachte ein kleines Fläschchen zum Vorschein. Ohne sich um seine Gastgeber zu kümmern, träufelte er mit einer Pipette ein paar Tropfen in seine Nase, legte den Kopf weit in den Nacken und wartete, bis ihm die Tränen kamen. Dann schüttelte er sich wie ein nasser Hund und ließ das Fläschchen wieder verschwinden.

»Well, Gonsalez?« fragte er schnüffelnd.

Leon hob die Schultern. »Ich weiß nicht, was ich sagen soll, mein lieber Freund. Einerseits interessiert es mich natürlich, warum man Letheritt in einem Branchengefängnis untergebracht hat, wenn doch seine Haftzeit nicht dazu ausreichte, einen Beruf zu erlernen, andererseits glaube ich nicht, daß die Information von ausschlaggebender Bedeutung sein könnte.«

»Das heißt, Sie wollen mir nichts über Ihren Klienten sagen, zum Teufel?« schnaufte Dearborn gereizt.

Leon nickte. »Genau das heißt es, Verehrtester.«

»Und warum nicht? Kommen Sie mir jetzt nur nicht mit Vertrauen und Diskretion, Gonsalez. Wir haben es seit gestern nicht nur mit einer Erpressung zu tun, sondern mit einem kaltblütigen Mord.«

»Wobei wir nicht wissen, ob das eine mit dem anderen zusammenhängt«, sagte Leon ruhig. »Niemand hat gefunden, wonach Lew Leveson suchte, nicht wahr? Nichts, was uns weitergebracht hätte. Keine Anhaltspunkte auf den Erpresser oder dessen Opfer.«

»Das Opfer ist Ihr Klient, nicht wahr?«

»Hm.« Leon schmunzelte. »Können Sie den Mund halten, wenn ich Ihnen sage, daß es sich nicht um einen Klienten, sondern um eine Klientin handelt?«

Dearborn hob die Brauen. »Eine Frau?«

»Eine Dame, Verehrtester.«

Dearborn verzog das Gesicht. »Ein Name würde mir vielleicht weiterhelfen«, sagte er.

»Kaum«, erwiderte Leon. »Sagen Sie mir lieber, warum Letheritt im Wilford-Gefängnis untergebracht wurde.«

Dearborn kratzte sich im Nacken, warf Manfred einen Blick zu, dann Poiccart, in dessen Gesicht sich nichts rührte. George Manfred hingegen grinste dem Inspektor aufmunternd zu.

»Well, wie Sie wissen, war Letheritt mal Mediziner«, sagte Dearborn nach längerem Zögern. »Nach seiner Ausbildung war er kurze Zeit Gefängnisarzt in Wilford.«

Leon blieb still sitzen, mußte sich jedoch zusammenreißen, um wenigstens nach außen hin Ruhe zu bewahren. Es gelang ihm knapp, Philander Dearborn ein mattes Lächeln zu zeigen, aber als er nach seinem Glas griff, zitterte seine Hand ein bißchen.

»Nun, Gonsalez?« fragte Dearborn, sichtlich enttäuscht darüber, daß Leon nicht die erwartete Reaktion zeigte.

»Das erklärt immer noch nicht, warum man Letheritt dorthin gebracht hat«, sagte Leon.

»Wirklich? Dann lassen Sie mich deutlicher werden. Wilford ist eines jener Gefängnisse, die mit einem knappen Budget bedacht sind. Das Lazarett wird vom Gefängnisdirektor betreut, übrigens einem äußerst zuvorkommenden Herrn, der uns bereitwilligst Auskunft gegeben hat. Auf sein Gesuch, daß ihm der Sträfling John Letheritt zur Betreuung kranker Insassen überstellt würde, transferierte man den ehemaligen Arzt nach Wilford.«

»Und damit ersparte man sich, wenigstens für eine Weile, das Gehalt für einen Sanitäter«, sagte Leon sinnend. »Well, Inspektor, das ist alles recht einleuchtend. Ich sehe allerdings keine Zusammenhänge mit dem Mord an Lew Leveson.«

Dearborn holte tief Luft und seufzte. »Möglicherweise sind Verbindungen zu ehemaligen Gefängnisinsassen herzustellen, Gonsalez. Mit dieser Sache habe ich Peter Roos betraut. Er soll die Listen durchsehen. Wer hat damals mit Letheritt gesessen? Wer ist mit ihm oder kurz vor oder nach ihm entlassen worden? Wer könnte Verbindung zu reichen Leuten haben, bei denen sich eine Erpressung lohnt? Und so weiter und so weiter.« Philander Dearborn beugte sich vor. »Was halten Sie davon, Gonsalez?«

»Ausgezeichnetes Kombinationstalent, das Sie da an den Tag legen, Verehrtester«, gab Leon unumwunden zu. Er wußte selbst, wie schwierig es für den Inspektor sein mußte, die ersten Anhaltspunkte aufzuspüren, aus denen sich wenigstens ein paar Zusammenhänge ergaben. Im Gegensatz zu Dearborn wußte Leon immerhin, daß Letheritt eine Frau erpreßt hatte. Und diese Frau hatte ihm eine Geschichte erzählt, mit der sie sich möglicherweise ihm ausgeliefert hatte, ohne es zu ahnen. Zwar kam Leon im Moment noch nicht weiter, aber er hoffte, schon am nächsten Morgen mehr über Miß Brown zu erfahren.

Der gute Inspektor allerdings verließ an diesem Abend das kleine Haus an der Curzon Street unverrichteter Dinge und höchst unzufrieden. Er hatte dem Silbernen Dreieck alles verraten, was er wußte, ohne von Leon Gonsalez auch nur einen einzigen Tip erhalten zu haben. Philander Dearborn nahm sich in seiner Zerknirschung vor, das nächstemal besser aufzupassen.

Leon konnte sich nicht erinnern, jemals in einer solch verzwickten Lage gewesen zu sein; Erpresser und Opfer waren verschwunden. Wer immer Gwenda sein mochte, sie würde sich hüten, jetzt mit ihm in Verbindung zu treten. Die Zeitungen hatten vom Mord in der Lion Row berichtet, und Leon zweifelte nicht an der Fähigkeit der jungen Dame, die richtigen Schlüsse zu ziehen.

Leon hielt es für notwendig, sich mit Poiccart und Manfred zu besprechen. Zwar hoffte er, am nächsten Tag bei einem Besuch im Gefängnis von Wilford mehr Licht in das Dunkel zu bringen, aber er glaubte nicht, daß er den Fall so schnell lösen konnte, wie er anfänglich vermutet hatte. Die ganze Sache war durch den Fehlschlag der Durchsuchung und dem Mord an Lew Leveson nur noch komplizierter geworden, obwohl Manfred behauptete, daß Letheritt wahrscheinlich leicht aufzustöbern sei, wenn man es richtig anstellte.

»Ganz klar, daß die Beamten von Scotland Yard ihn niemals finden werden. Sobald die irgendwo auftauchen, verkriechen sich die Ratten in ihren Löchern. Wenn du willst, kümmere ich mich morgen um Letheritt.«

»Wie willst du ihn finden, wenn er keine feste Bleibe mehr hat?« gab Poiccart zu bedenken. »Ich bin sicher, daß er sich in irgendeiner der Gebäuderuinen von Soho eingenistet hat. Und dort kannst du nach ihm suchen, bis du grau wirst, mein Freund.«

»Er kommt nicht ohne Drogen aus, Raymond«, gab Manfred zurück. »Er kriegt das Zeug von der Straße. Und er braucht Geld. Irgendwie muß er mit unserer Miß Brown in Verbindung bleiben, sonst geht er drauf.«

»Das heißt noch lange nicht, daß er dir in die Arme läuft, nicht wahr?«

Manfred lächelte. »Manchmal habe ich mehr Glück, als du denkst, Raymond«, sagte er und erhob sich gähnend. »Seltsam«, sagte er und blickte auf die Uhr. »Ich habe den ganzen Tag keinen Finger krumm gemacht, und trotzdem bin ich erschöpft.«

»Du hast eben einen Urlaub in Oberösterreich dringend nötig, Manfred«, lächelte Leon. »Ich hoffe nur, wir haben den Fall erledigt, bevor Letheritt unsere Miß Brown völlig geschröpft hat.« Er wandte sich an Poiccart. »Was ist mit unserem Wagen, Raymond?«

»Der steht seit heute nachmittag abholbereit in der Werkstatt. Die Sekretärin, die mich angerufen hat, machte mich höflich, aber bestimmt darauf aufmerksam, daß die letzten drei Rechnungen noch nicht bezahlt sind.«

Manfred war in der Tür stehengeblieben.

»Warum lassen wir die Karre nicht einfach stehen und tauschen sie gegen eines der neuen Sportcoupés ein?« fragte er über die Schulter zurück.

»Weil uns das noch teurer zu stehen käme«, antwortete Poiccart. »Aber ich gebe zu, daß uns womöglich bald nichts mehr anderes übrigbleibt, als den Sunbeam einzutauschen.«

Manfred zwinkerte Leon zu und wünschte seinen beiden Partnern eine angenehme Nacht, bevor er auf sein Zimmer ging. Poiccart machte sich noch in der Küche zu schaffen, und Leon brütete über seinen Notizen. Es war nach Mitternacht, als er ebenfalls zu Bett ging.

6. Kapitel
Der Besuch im Gefängnis

Das Gefängnis in Wilford bestand aus einigen alten Gebäuden, die von einer hohen Mauer umgeben waren. Alle Fenster waren vergittert, das Eingangstor in der Mauer aus schweren Eisenstreben geschmiedet.

Es regnete leicht, als Leon Gonsalez den Sunbeam vor dem Tor parkte, den Mantelkragen hochschlug und ausstieg. Neben dem großen Tor befand sich ein kleiner vergitterter Durchlaß, wo er von einem in Zivil gekleideten Mann mit Regenschirm erwartet wurde. Der Mann war Merrill Folian, Direktor des Gefängnisses. Leon hatte seinen Besuch telefonisch angekündigt, und im bescheiden eingerichteten Office des Direktors wartete bereits Kaffee auf ihn.

Merrill Folian mochte etwa fünfzig Jahre alt sein, mit ergrautem Haar und einem schmalen, etwas dunkleren Schnurrbart. Er machte einen ruhigen Eindruck und bot Leon bei seinen Ermittlungen jede Hilfe an. »Ich glaube allerdings nicht, daß Sie durch diesen Besuch etwas Neues erfahren, Mr. Gonsalez. Ich habe den Gentlemen von Scotland Yard bereits alles mitgeteilt, was ich über John Letheritt weiß, sei es aus den Akten oder eigene Erfahrungen, die ich mit ihm gemacht habe.«

»Wie lange war er hier, Mr. Folian?« fragte Leon und trank einen Schluck Kaffee, der übrigens vorzüglich schmeckte.

»Als Gefängnisarzt oder als Sträfling?« fragte der Direktor zurück.

Leon lächelte. »Fangen wir mit jener Zeit an, als John Letheritt ein junger, strebsamer Arzt war. Er hat also Medizin studiert und sein Staatsexamen gemacht. Wissen Sie, ob er dann sofort hierherkam oder zuerst in einem Krankenhaus arbeitete?«

»Soviel ich weiß, war er die letzten Jahre seines Studiums als Assistent in einem Krankenhaus tätig. Als Internist. Aber er muß sich sogleich nach dem Abschluß seines Examens um die Stelle hier beworben haben.« Mr. Folian schlug einen Aktenordner auf, den er bereitgelegt hatte. »Hier, aus diesen Akten geht hervor, daß Dr. Letheritt nur sieben Monate nach dem Examen hier anfing.«

»Wer war vor ihm Arzt hier?«

»Niemand.«

Leon hob den Kopf. »Sie meinen, es gab vor Letheritt und nach ihm keinen anderen Arzt hier im Wilford-Gefängnis?«

»So ist es, Mr. Gonsalez. Sparmaßnahmen der Regierung. Das Gefängnis sollte eigentlich schon vor Jahren geschlossen werden. Es ist in einem äußerst desolaten Zustand, wie Sie bei einem Rundgang leicht selbst feststellen können.«

»Und warum hat man es noch nicht geschlossen?«

»Man dachte daran, die Insassen nach Maidstone zu überführen, aber dort ist kein Platz. Die meisten Gefängnisse sind überfüllt. Es herrschen überall fürchterliche Zustände. Jetzt hat man in Maidstone gebaut, und es besteht ein fester Plan, dieses Gefängnis hier im Juni nächsten Jahres endgültig zu schließen.«

»Das klingt fast, als würden Sie persönlich diesen Wechsel bedauern, Mr. Folian.«

Der Direktor lächelte. »Wissen Sie, ich bin seit fünfundzwanzig Jahren hier. Als ich herkam, gab es noch nicht einmal Spülklosetts in diesem Gefängnis. Die Insassen hausten hier wie Ratten, siechten förmlich dahin und starben wie die Fliegen an allen möglichen Krankheiten. Ich habe persönlich das Lazarett eingerichtet und dafür gesorgt, daß die Gefangenen medizinisch betreut werden. Ich habe die sanitären Einrichtungen in Auftrag gegeben und teilweise aus eigenen Mitteln bezahlt. Ich habe mein Leben für dieses Projekt gegeben, Mr. Gonsalez, nur um schließlich vom Amtsschimmel aus dem Sattel geworfen zu werden.« Mr. Folian beugte sich etwas vor. »Ich hoffe, Sie verdenken mir meine Bitterkeit nicht.«

»Im Gegenteil«, beeilte sich Leon zu sagen. »Ich habe natürlich nicht geahnt, daß dieses Gefängnis hier sozusagen Ihr persönliches Werk ist. Well, dann erzählen Sie mir von Letheritt.«

»Viel gibt es nicht zu erzählen. Er war nicht lange da. Er verschuldete den Tod eines Gefangenen. Falsche Injektion. Herzlähmung. Aus. Letheritt zog die Konsequenzen. Er gab seine Lizenz zurück, und als ich ihn das nächstemal wiedersah, stand er vor Gericht, weil er in eine Apotheke eingebrochen war, um an Medikamente heranzukommen.

Ich konnte kaum glauben, wie schnell aus diesem guten Mann ein menschliches Wrack geworden war. Völlig verkommen war er in dieser kurzen Zeit. Alkohol und Rauschgift. Umgang mit Verbrechern.«

»Sie sahen zu, daß er seine Strafe hier verbüßen konnte?«

»Ja. Ich setzte alles daran, ihn zu kriegen.«

»Für das Lazarett?«

»Ja, natürlich. Wir waren fast zwei Jahre ohne Arzt.«

»Wer hat denn Letheritts Posten übernommen?«

»Niemand.«

»Hatte er keine Assistentin, als er als junger Arzt hier anfing?«

»Nein. Eine Assistentin hätten wir uns nie leisten können.«

»Auch nicht, als er hier die Strafe absaß?«

»Nein.«

»Und in der Zeit, nachdem Letheritt sozusagen seinen Abschied genommen hat, gab es niemanden hier, der sich um die Kranken gekümmert hätte?«

»Die Krankenbetreuung habe ich übernommen. Schon bevor Letheritt kam, sah ich dies als meine Aufgabe an.« Mr. Folian lächelte. »Ich wollte einmal Arzt werden und habe immerhin fünf Semester Medizin studiert.«

»Haben Sie Letheritt assistiert?«

»Ja, natürlich.« Mr. Folian zog die Stirn in Falten. »Was sollen diese Fragen, Mr. Gonsalez? Worauf wollen Sie hinaus?«

»Hat Ihnen Inspektor Dearborn gesagt, daß John Letheritt der wiederholten Erpressung verdächtigt wird?«

»Das hat er mir gesagt. Nun, Mr. Gonsalez, ich kann nur wiederholen, was ich schon dem verehrten Inspektor gesagt habe: John Letheritt ist ein Mann, dem alles zuzutrauen ist. Ich versuchte ihm zu helfen, solange er hier war, aber im Grunde genommen wußte ich, daß ihm nicht mehr zu helfen war. Ich wollte es nur nicht wahrhaben.«

Leon senkte für einen Moment den Kopf. Als er ihn wieder hob, blickte er den Direktor durchdringend an und fragte ihn, ob nicht vielleicht er es war, der von John Letheritt erpreßt würde. Mr. Merrill Folian fiel beinahe von seinem Drehstuhl, so schnell fuhr er herum.

»Sind Sie denn von Sinnen, Mr. Gonsalez!« entfuhr es ihm. »Warum sollte ich mich denn von einem verkommenen Subjekt wie John Letheritt erpressen lassen?«

Leon lehnte sich im Stuhl zurück und blickte zum Fenster hinaus, obwohl er nichts sehen konnte als nasses Grau. Irgendwo schlug eine Glocke an.

»Sind Sie verheiratet, Mr. Folian?«

Die Augen des Direktors wurden abweisend. »Mr. Gonsalez, ich bin alleinstehender Witwer, und ich glaube, daß keine Veranlassung besteht, über mein Privatleben Auskunft zu geben.«

»Entschuldigen Sie, Mr. Folian«, sagte Leon höflich und wechselte das Thema. Er fragte den Direktor über das Gefängnis aus, über dessen Sicherheit und über die Insassen.

»Gab es zur Zeit, als Letheritt seine Strafe absaß, Sträflinge chinesischer Herkunft?«

»Darauf hat mich auch schon Inspektor Dearborn angesprochen. Ich habe in den Gefangenenlisten nachgesehen.« Mr. Folian schüttelte den Kopf. »Nicht einer war damals hier. Glauben Sie, daß John Letheritt Kontakte zum Gelben Drachen hat?«

»Das könnte gut sein«, sagte Leon und erhob sich. »Macht es Ihnen etwas aus, mich auf einem Rundgang durch Ihr Gefängnis zu begleiten, Herr Direktor?«

»Aber keinesfalls, Mr. Gonsalez.« Mr. Folian stand ebenfalls auf. Er war ein mittelgroßer Mann, massig gebaut und mit einem eckigen Gesicht. Er hatte strenge, aber offene Augen. Trotzdem war Leon fast sicher, daß ihm dieser Mann irgend etwas verheimlichte.

Auf dem Rundgang hatte Leon Gelegenheit, kurz mit dem Oberaufseher, einem Mann namens Bennett, zu sprechen. Dieser erinnerte sich gut an John Letheritt.

»Ein ausgezeichneter Arzt«, sagte er. »Schade, daß ihm dieses Mißgeschick passierte. Als Insasse gab er uns jedoch Probleme auf, Mr. Gonsalez. Wir dachten erst, daß er im Lazarett mithelfen könnte, aber das hat nicht geklappt. Schon nach wenigen Tagen mußten wir ihn in einer Einzelzelle festhalten.«

»Entzugserscheinungen«, erklärte Mr. Folian. »Es blieb uns nichts anderes übrig, als ihn von den anderen Gefangenen zu trennen.«

»Und wie hat er seine Haft überstanden?«

»Er war ein Wrack, als er hier ankam, und als er von hier wegging, stand es um ihn nicht besser, glauben Sie mir. Wir sind nicht in der Lage, Alkoholiker und Rauschgiftsüchtige auszukurieren, obwohl wir uns natürlich auch in dieser Beziehung bemühen.«

Merrill Folian zeigte Leon auch das Lazarett, das an die kleine Gefängniskapelle angebaut war. Von sieben Betten waren drei belegt. In einem Untersuchungsraum herrschte eine geradezu pingelige Ordung. Obwohl nirgendwo ein Stäubchen zu entdecken war, schien es, als ob dieser Raum seit Monaten nicht mehr benutzt worden war. Leon fiel ein gerahmtes Bild auf, das zwischen zwei vergitterten Fenstern an der Wand hing. Es zeigte unzweifelhaft John Letheritt als einen jungen Mann. Er saß auf einer Mauer, wahrscheinlich unten am Victoria Embankment in der Nähe des Hotels Cecil.

Folian bemerkte Leons Interesse für das Bild und nahm es von der Wand. Er betrachtete es, als suchte er in ihm eine Erinnerung an eine Zeit, die ihn selbst vor große Aufgaben gestellt hatte.

»Wir waren ein gutes Team«, sagte er versonnen. »John hatte Pläne. Er wollte dieses Gefängnis hier zu einer Musteranstalt machen. Er wollte den Verantwortlichen zeigen, daß Gefängnisse nicht unmenschlich zu sein brauchen.« Folian hob den Kopf. »Er war ein guter Mann, dieser John Letheritt, und ein guter Arzt!«

»Wissen Sie, wer dieses Bild aufgenommen hat?« fragte Leon.

»Natürlich. Ich habe es gemacht. An einem freien Tag. Vor zweieinhalb Jahren war es. Im Frühsommer am Charing-Cross-Pier. Wir machten eine Bootsfahrt zusammen auf dem Dampfer Olaf.«

»John Letheritt und Sie?«

»Ja. Wir besprachen unsere Pläne für das Gefängnis.«

»War John Letheritt damals nicht verlobt, Mr. Folian?«

Der Gefängnisdirektor hob seine drahtigen Brauen. »Verlobt? Natürlich war er verlobt. Mit einer Medizinerin, soviel ich weiß.«

»Gwenda?«

»Hm, das könnte sein. Entschuldigen Sie bitte, wenn ich mich nicht mehr an den Namen erinnern kann. Ich habe die junge Dame selbst nie persönlich kennengelernt.« Merrill Folian führte Leon die Treppe hinunter. Ein gedeckter Gang im Hinterhof führte an der kleinen Kapelle vorbei zum Wächterhaus.

Leon blieb vor der Kapelle stehen und betrachtete den fein gearbeiteten Rundbogen über dem Portal. Eine Treppe führte zur Tür hoch, die aus massivem Eichenholz gezimmert war, mit schweren Eisenbeschlägen und einem kunstvoll geschmiedeten Schloß.

»Früher war dies hier alles ein Teil des Klosters«, erklärte Folian. »Wollen Sie mal einen Blick hineinwerfen? Interessantes Bauwerk aus dem späten siebzehnten Jahrhundert, von einem Schüler des großen Architekten Sir Christopher Wren erbaut, dem wir die St.-Pauls-Kathedrale verdanken.«

Folian öffnete einen Torflügel, und Leon betrat die Kapelle. Zu beiden Seiten des Einganges befanden sich graue, aus Sandstein gehauene Rundsäulen, auf denen bizarre Fabeltiere wachten. Beim Altar brannte das Ewige Licht, und in einer der vorderen Bankreihen saß eine einsame Gestalt, vornübergebeugt, schwarz wie ein Kuttenmönch.

Leon bewunderte die bunten, in Blei gefaßten Rundfenster, das prunkvolle Deckengewölbe und die kunstvoll verzierte Kanzel.

»Leider kommt nur noch selten ein Priester her«, raunte Folian Leon ins Ohr. »Ich glaube, seit Weihnachten haben wir nur noch jeden Monat einmal eine Messe abgehalten. Natürlich ist es den Gefangenen erlaubt, hierherzukommen und zu beten.«

Draußen fragte Leon den Direktor, ob denn John Letheritt ein religiöser Mensch sei und ab und zu die Kapelle aufgesucht hätte.

»Aber natürlich«, lachte Merrill Folian. »Er spielte die Orgel, und er sang. Er hatte einen wunderbaren Tenor.«

Leon bedankte sich auf dem Weg zum Wächterhaus für die Auskünfte und den Rundgang. Merrill Folian begleitete ihn hinaus und wünschte ihm eine gute Fahrt zurück nach London. »Ich hoffe, es gelingt Ihnen, John zu finden, bevor ihm etwas Schlimmes zustößt, Mr. Gonsalez«, rief er Leon durch die geschlossenen Seitenfenster des Sunbeam zu. Leon betätigte den Anlasser und legte den Gang ein. Als er langsam anfuhr, glaubte er in einem der vergitterten Fenster eine Bewegung erkennen zu können. Nur ein huschender Schatten war es, ein heller Fleck, dann nichts mehr.

Der Mann, der geduckt durch den Park schlurfte und besonders dann den Kopf einzog, wenn er in die Nähe einer Laterne kam, war John Letheritt.

Er hatte beide Hände in den Taschen seines alten Mantels und trug eine Schildmütze, die ihm ein Gemüsehändler geschenkt hatte. John Letheritt fror. Seit fast drei Tagen hatte er nichts Warmes mehr gegessen. Am Morgen wäre er beinahe nach Hause gegangen, zurück in die Whitechurch Street, wo er sich auskannte und wo er bestimmt irgendwo Unterschlupf finden konnte. Aber als es wärmer wurde und sein Verstand wieder besser funktionierte, entschied er sich doch lieber dafür, der alten »Heimat« fernzubleiben. Daß Scotland Yard nach ihm fahndete, erfuhr er allerdings erst am Mittag, als es ihm gelang, mit steifen und zitternden Fingern eine zerknüllte Zeitung aus einem Abfalleimer zu fischen, aus der vor noch nicht allzu langer Zeit ein interessierter Leser Fisch gegessen hatte. Die Zeitung roch tranig und war voller Flecken. John Letheritt ging zurück in sein Loch unter der Häuserruine einer Gasse, die keinen Namen hatte, faltete die Zeitung auseinander und glättete die Seiten sorgfältig über dem Knie.

Der Mord in der Lion Row hatte zwar die Titelseite nicht geschafft, war aber auf Seite 3 unter dem fettgedruckten Titel GANOVENMORD IN DER LION ROW groß aufgemacht.

Erst durch diesen Zeitungsbericht erfuhr John Letheritt, was in der letzten Nacht, als er zuerst den Mann in der Brewer Street getroffen und sich anschließend auf Kredit betrunken hatte, in seiner Wohnung tatsächlich passiert war. Spät in der Nacht hatte ihn einer gewarnt, daß es in der Lion Row nur so von Polizisten wimmele. Daraufhin hatte es John Letheritt vorgezogen, seinen Rausch an einem Ort auszuschlafen, wo man ihn nicht so leicht finden konnte. Jetzt las er in der Zeitung, daß in seiner Wohnung ein Mann umgebracht worden war, und obwohl er mit dem Schlimmsten gerechnet hatte, geriet er beinahe in Panik. Nein, das war nicht geplant gewesen. Er hatte jenem Mann, der in seiner Wohnung auf den ungebetenen Besucher lauerte, nur aufgetragen, diesen einzuschüchtern. So war es abgemacht.

John Letheritt wurde erst ruhiger, als er weiterlas. Wörtlich stand in der Zeitung, daß Kriminalinspektor Philander Dearborn von Scotland Yard im dunkeln tappe und keinerlei Spuren oder Fingerabdrücke des Mörders gefunden worden seien.

John Letheritts Name wurde nicht erwähnt, obwohl es hieß, daß die armselige Bude in der Lion Row von einem ehemaligen Arzt bewohnt gewesen sei.

Die Zeitung im Unterhemd, so daß sie ihn vor dem naßkalten Wind schützte, der durch seine Kleider drang, schlurfte John Letheritt zum Compton-Kino, wo sich eine öffentliche Telefonzelle befand. Niemand beachtete ihn. Es war Nachmittag, und es regnete. Nur wenige Leute waren auf der Straße. Überall brannten schon die Laternen, obwohl Big Ben noch nicht einmal drei Uhr geschlagen hatte.

John Letheritt ging in die Zelle, machte die Glastür zu und hauchte so lange gegen seine eiskalten Finger, bis er sie etwas besser bewegen konnte. Er nahm den Hörer ab, und als sich das Mädchen vom Amt meldete, gab er ihr die einzige Telefonnummer an, die er auswendig kannte. Es dauerte nicht lange, bis die Verbindung hergestellt war und sich eine Frauenstimme meldete.

John Letheritt lehnte sich gegen die gläserne Wand der Kabine und atmete auf.

»Hast du die Morgenzeitung gelesen?« fragte er, ohne ihr seinen Namen zu nennen. Sie wußte, wer er war. Sie kannte seine Stimme. Wahrscheinlich hatte sie schon auf seinen Anruf gewartet und trotzdem gehofft, daß das Telefon niemals klingeln würde.

»Ja«, erwiderte sie schnell. »Was ist geschehen? Hast du diesen Gauner umgebracht?«

»Nein.«

Sie atmete hörbar auf, als hätte sie sich Sorgen gemacht um ihn. Er lächelte bei diesem Gedanken. Nein, sie machte sich keine Sorgen um ihn. Sie wünschte ihn zum Teufel, und das schon seit geraumer Zeit.

»Was ist geschehen, John?«

»Ich weiß nicht«, sagte er etwas spöttisch. »Ich war nicht zu Hause, und das kann ich sogar beweisen. Ich habe ein hieb- und stichfestes Alibi, Gwenda.«

»Dann kann dir ja nicht viel passieren. Wo bist du jetzt?«

»In einer Telefonzelle.«

»Und warum rufst du mich an?«

»Nun, meine Liebe, das solltest du eigentlich wissen. Ich brauche ganz dringend eine größere Summe, und ich wüßte nicht, wo ich sie herkriegen könnte, außer von dir.«

Schweigen. Er konnte Gwenda atmen hören. Fast eine Minute verstrich, bis sie antwortete.

»Ich habe dir doch gesagt, daß ich kein Geld mehr habe, John. Du . . .«

»Jetzt ist es ernst, Gwenda!« unterbrach er sie hart. »Ich brauche schnellstens dreitausend Pfund, um eine offene Rechnung zu bezahlen. Und da ich vorhabe, das Land endlich zu verlassen, wirst du mir noch mit weiteren dreitausend Pfund unter die Arme greifen müssen. Um dir das Rechnen zu ersparen, meine Liebe, das sind insgesamt sechstausend Pfund.«

»Wo sollte ich . . .«

»Das, meine Liebe, ist mir egal. Ich weiß, daß du alles daransetzen wirst, bis übermorgen mit dem Geld aufzukreuzen.«

»Das . . . das ist unmöglich!« stieß Gwenda hervor.

John Letheritt lachte. »Für dich ist nichts unmöglich, Gwenda. Du solltest allmählich eingesehen haben, daß du mir nicht gewachsen bist. Nicht einmal das Silberne Dreieck ist mir gewachsen. Dieser Gonsalez hat mir ein Telegramm zustellen lassen, um mich aus der Wohnung zu locken. Er hat es mit Gwenda unterschrieben, meine Liebe.«

»Er weiß doch gar nicht . . .« Sie brach jäh ab, und er lachte.

»Ich habe es ihm gesagt. Nicht mehr, Gwenda. Er ist ein schlauer Kerl, und vielleicht kriegt er raus, wer du bist. An deiner Stelle würde ich also die Angelegenheit nicht länger hinauszögern.«

Wieder blieb es am anderen Ende der Leitung eine Weile still.

John Letheritt wartete geduldig. Die Scheiben der Zelle liefen langsam an. Draußen eilten vermummte Gestalten vorbei.

»Bist du noch dran?« kam plötzlich Gwendas Stimme durch den Draht. »Ich will wissen, wer diesen Mann umgebracht hat.«

»Warum willst du Dinge wissen, die dich eigentlich nichts angehen?«

»Ich will wissen, woran ich mit dir bin, bevor ich sechstausend Pfund zahle, John. Das ist ein kleines Vermögen.« Ihre Stimme klang jetzt wieder fest. »Wer ist der Mörder, wenn du es nicht getan hast?«

»Ein Freund«, sagte Jon Letheritt ruhig. »Einer meiner Freunde, der sich notfalls um dich kümmern würde.«

»Der gleiche, der Fred umgebracht hat?«

»Ja.«

»Feine Freunde hast du, John!«

»Ich weiß. Manchmal kann man sie sich nicht aussuchen, meine Liebe. Wie ist es nun, kriege ich das Geld oder nicht?«

»Das letzte?«

»Ja. Natürlich. Danach hast du Ruhe.« Er lachte. »Ich verspreche es dir. Ehrenwort.«

»Ich will das Material. Und zwar alles im Original.«

»Kriegst du.«

»Wann?«

»Sobald du das Geld hast.«

»Morgen.«

John Letheritt pfiff durch die Zähne. »Du hast es verteufelt eilig, mich loszuwerden, meine Liebe.«

»Wo können wir uns treffen?« fragte sie, ohne auf seine ironische Andeutung einzugehen.

»Wie wär's mit der Westminster Bridge? Gegenüber dem St.-Thomas-Hospital, am Anfang des Victoria Embankment. Eine Treppe führt von der Brücke zum Kai hinunter. Mit zwei Absätzen. Oben befindet sich eine Laterne mit drei Leuchten, die mittlere etwas erhöht. Geh morgen nacht dorthin. Punkt drei Uhr stellst du dich unter die Laterne ins Licht. Es wird Nebel sein, aber ich werde dich sehen können. Du wartest, bis ich komme. Du wirst mir unaufgefordert das Geld übergeben, und zwar in einer Papiertüte. Und ich werde eine Papiertüte bei mir haben, in der das Material ist, das du haben willst. Klar?«

»Hast du das Material überhaupt noch?« fragte sie lauernd.

»Wer sollte es sonst haben?«

»Man hat doch deine Wohnung durchsucht, nicht wahr?«

»Meine Liebe, wenn man deine Briefe dort gefunden hätte, wärst du heute schon hinter Gittern, nicht wahr?« John Letheritt grinste. »Stell dir nur einmal vor, man würde dich deine Strafe im Wilford-Gefängnis absitzen lassen, und . . .«

»Bitte schweig!« fuhr sie ihm ins Wort. »Ich bin froh, wenn dies alles ein Ende hat, John. Ich habe nie gedacht, daß es zu einem Mord kommen könnte. Aber offenbar bist du schlimmer dran, als ich vermutet habe.«

»Du hast recht, Gwenda, ich bin schlimm dran. Aber das wird sich ja jetzt ändern, nicht wahr? Versuch nur nicht, mich übers Ohr hauen zu wollen, hörst du. Versuch keinerlei Trick. Und komm allein zu unserem letzten Stelldichein, sonst kann ich für nichts garantieren.«

»Ich komme allein.«

»Gut. Bis dann.« Ohne eine Antwort abzuwarten, hängte John Letheritt den Hörer auf. Erst jetzt bemerkte er den Mann, der durch eine freie Stelle im Glas hereinguckte.

»Darf ich zwischendurch mal kurz ran?« rief er. »Notfall. Ich muß mein Büro anrufen.«

John Letheritt stieß die Tür auf. Der Mann bedankte sich und drückte sich an ihm vorbei in die Telefonzelle.

7. Kapitel
Manfred im Einsatz

Daß es George Manfred bereits am nächsten Tag gelang, John Letheritt aufzuspüren, verdankte er dem Einsatz einer jungen Tänzerin, die schon im Gaiety-Theater aufgetreten war, und zwar in der musikalischen Komödie »The Spring Chicken«. Manfred besuchte die junge hübsche Dame in ihrer Wohnung in der Lisle Street. Sie war nicht allein. Einer der bekanntesten Jungschriftsteller Londons war gerade dabei, ihr eine Rückenmassage zu verpassen, und der Kunstmaler Raoul Ramos, bärtig und mit einer furchtbar zerzausten Frisur, hockte am Fenster und las aus einem Märchenbuch vor.

Manfred war nicht das erstemal hier, und so überraschte ihn nichts mehr. Künstler waren eben eigenartige Menschen, manche so verschroben, daß man sie auch im Zoo hätte unterbringen können. Und hier, in der Lisle Street von Soho, wimmelte es von solchen Geschöpfen. Sie hausten zusammen in den Wohnungen über den kleinen Straßenläden, den Kunstgalerien und den düsteren Kneipen, in denen man bei Wein und manchmal auch bei anderem Zeug philosophieren konnte.

Hier war es leicht, zu erfahren, wo ein Süchtiger hinging, wenn er Opium brauchte und nicht bezahlen konnte. »Brewer Street«, sagte der Kunstmaler und blickte aus kleinen wachsamen Augen über seine randlose Brille hinweg. »Dort fragst du nach Bobby Kwong. Aber vergiß lieber, daß ich dir den Namen gesagt habe, Mann!«

Manfred vergaß zwar nicht, wer ihm den Namen genannt hatte, aber er erzählte niemandem etwas davon, schon gar nicht Bobby Kwong, den er noch am gleichen

Tag in einer kleinen Taverne traf, in der es stark nach Räucherstäbchen roch und nach exotischen Kräutern. Kwong lehnte an der Bar, und als Manfred eintrat, wurden seine Schlitzaugen noch etwas enger.

Bobby Kwong war ein kleiner drahtiger Chinese. Das auffälligste an ihm war, daß er keine Ohren hatte. Jemand mußte sie ihm vor geraumer Zeit abgeschnitten haben, und zwar so fachgerecht, daß nur ein Stück der Ohrmuschel stehengeblieben war.

Als ihn Manfred nach John Letheritt fragte, drehte er ihm den Rücken zu, nahm eine Flasche von der Theke der Bar und goß ein Glas voll Whisky. Ohne Manfred anzusehen, fragte er, ob John Letheritt etwas zugestoßen sei, und er lispelte dabei ein bißchen.

»Mein Partner und ich, wir suchen ihn«, sagte Manfred ohne Umschweife.

Jetzt drehte sich der kleine Chinese um. Sein Gesicht war wie eine Maske. Manfred versuchte vergeblich, darin eine Regung entdecken zu können.

»Du bist nicht vom Scotland Yard, nicht?«

»Nein.«

»Wer hat dir meinen Namen genannt?«

»Ein Vogel hat ihn vom Dach gezwitschert«, sagte Manfred.

Jetzt zuckten die Mundwinkel des Chinesen, und er hob das Glas. »Auf deine Gesundheit«, sagte er. Er nippte an dem Whisky und blickte Manfred dabei von unten herauf prüfend an.

Manfred lächelte. »Wetten, daß du darauf kommst, wen ich vertrete, Bobby.«

»Das Silberne Dreieck«, sagte Bobby Kwong und stellte das Glas auf die Theke zurück. »Und du mußt George Manfred sein. Wenn ich will, erfahre ich deine Schuhgröße, wann du geboren bist, was du am liebsten ißt und welchen Film du dir dieses Jahr zweimal angesehen hast.«

Das Lächeln in Manfreds Gesicht wurde zu einem Grinsen. »Ihr habt über uns Akten angelegt, nicht wahr?«

»Natürlich. Man kann nie wissen, wozu das gut ist.« Bobby Kwongs dunkle Augen glitzerten. »Was ist mit John Letheritt?« fragte er.

»In seiner Wohnung wurde ein Mann ermordet.«

»Die Nase, ich weiß.«

»Mit einem chinesischen Krummdolch.«

»Oh. Davon stand nichts in der Zeitung.«

»Die Zeitung weiß nichts davon. Wenigstens jetzt noch nicht. Aber Inspektor Philander Dearborn hat den Verdacht geäußert, daß der Gelbe Drache die Hand im Spiel haben könnte.«

»Der Gelbe Drache?« Bobby Kwong lächelte. »Wer ist das? Ein Hirngespinst von Dearborn, den ich übrigens sehr schätze.«

»John Letheritt braucht das Zeug, Bobby!« sagte Manfred hart. »Opium. Schmerzstillende Mittel. Wo könnte ein Mann wie er dieses Zeug kriegen, das in keinem Lebensmittelladen gehandelt wird?«

»Hier?« fragte Bobby Kwong und machte ein Gesicht, als wüßte er nicht einmal, was Opium ist. »Du glaubst doch nicht im Ernst, daß John Letheritt hier bei mir das Zeug kriegt?«

»Warum nicht?«

»Weil er kein Geld hat.«

»Er hat Geld. Er ist ein Erpresser.«

Bobby Kwong senkte den Kopf. »Was willst du von mir, Manfred?« fragte er. »Ich kann dir nur sagen, daß ich nicht weiß, wer die Nase umgebracht hat. Keiner von uns. Keiner, den ich kenne.

Jeder kann einen chinesischen Dolch besitzen, nicht wahr?«

»John Letheritt ist verschwunden und treibt sich irgendwo da draußen rum. Ich will ihn finden, Bobby, und der Teufel soll dich holen, wenn du mir nicht wenigstens einen Tip gibst.«

»Warum sollte ich dir einen Tip geben?«

»Weil ich dich danach frage, du krummer Hund! Hör mal, wir sind uns bis jetzt ziemlich aus dem Weg gegangen, nicht wahr. Ich meine, wir haben uns nie um euren Kram gekümmert. Aber das kann sich ändern, verstehst du. Das kann sich sehr schnell ändern!«

»Willst du mir drohen?«

»Nicht direkt. Nicht dir, Bobby. Wenn man einem Drachen den Kopf abschlagen will, fängt man nicht beim kleinen Zeh am rechten Hinterfuß an, nicht wahr!« Manfred grinste beinahe unverschämt. »Richtig, Bobby, wir haben über euch auch Akten angelegt, und bevor ich hier ankam, habe ich mir deine durchgesehen. Du bist ein kleiner Fisch in eurer Gesellschaft, ein Straßenverkäufer, nicht wahr?«

Der kleine Chinese trank sein Glas leer, wischte sich mit dem Handrücken über den Mund und hob den Kopf.

»Wo kann ich dich erreichen?« fragte er.

»Daheim. Aber das muß alles schnell gehen. Und ich will Letheritt nicht als Leiche vorgesetzt bekommen, hörst du! Ich will wissen, wo er sich verkrochen hat. Es ist möglich, daß ihm Gefahr droht.«

Bobby Kwong hob seine dünnen, fast haarlosen Brauen. »Ich ruf an«, sagte er, drehte sich um und verschwand hinter einem dicken Vorhang. Manfred bestellte beim Barkeeper einen Scotch und ging dann nach Hause.

Als George Manfred nach Hause kam, war niemand da. Poiccart hatte eine Notiz auf den kleinen Marmortisch gelegt, daß im Kühlschrank ein Sandwich liege und der Tee nur noch aufzugießen wäre. In der Küche war alles aufgeräumt und sauber. Leon, der nach Wilford hinausgefahren war, schien noch nicht zurückgekehrt zu sein, und Poiccart hatte nicht auf den Zettel geschrieben, wohin er gegangen war.

Manfred duschte in aller Ruhe, zog ein neues Hemd an und war dabei, sich eine Krawatte umzubinden, als das Telefon läutete. Er ging in Hemd und Unterhose in den Salon und nahm den Hörer ab.

»Mr. Gonsalez?« fragte eine Frauenstimme ungeduldig. »Ich bin's, Miß Brown.«

»Madam, leider befindet sich Mr. Gonsalez zur Zeit außer Haus«, sagte George Manfred in charmantem Tonfall. »Wollen Sie bitte mit mir vorliebnehmen, Madam. Mr. Gonsalez und ich, wir sind Partner, und . . .«

»Sagen Sie ihm, daß Letheritt mich angerufen hat. Sagen Sie ihm, daß er sechstausend Pfund gefordert hat und daß . . .« Die Frau brach plötzlich ab. »Nein, sagen Sie ihm gar nichts«, sagte sie nach kurzer Pause. »Wann ist er zurück?«

»Ich weiß nicht, Madam. Ich nehme an, daß er vor Mitternacht zu Hause ist.«

»Gut. Vielleicht rufe ich ihn dann an«, sagte die Frauenstimme fest. Danach blieb es eine Weile still. Es schien Manfred, als ob Miß Brown sich nicht entschließen konnte, noch etwas zu sagen.

»Kann ich wirklich nichts für Sie tun, Madam?« fragte er deshalb, aber ein Klicken im Hörer verriet ihm, daß sie aufgelegt hatte.

George Manfred ging auf sein Zimmer zurück, zog eine dunkle Hose an und einen dunklen Wollpullover und kämmte das nasse, widerspenstige Haar. Dann ging er in die Küche, aß das Sandwich und verzichtete auf den Tee. Das Telefon klingelte erneut, und diesesmal war es der Anruf, den Manfred erwartet hatte. Bobby Kwong war am anderen Ende der Leitung.

»Wir haben ihn aufgestöbert, Manfred«, sagte der kleine drahtige Chinese, als wäre er ein alter Freund. »Little Portland Street. Dort gibt es eine Gasse, die keinen Namen hat. Früher hat sie mal Biship's Row geheißen. Dreckgegend, ließ ich mir sagen. Bauruinen. Trümmer und Schutt. Geh dorthin. Letheritt hat sich in einem Loch verkrochen, das nur einen Zugang hat, und zwar durch den ehemaligen Laden eines Kürschners. Es gibt keine Türen dort. Und wenn du nicht höllisch aufpaßt, fällst du in das Loch und Letheritt direkt auf den Kopf.«

»Wie hast du das so schnell rausgekriegt, Bobby?« fragte Manfred.

»Ein Vogel hat mir seine Adresse vom Dach gezwitschert«, erwiderte Bobby Kwong spöttisch.

»Bist du sicher, daß er dort ist?«

»Er ist dort. Bevor es dunkel wird, wagt er sich nicht aus seinem Loch heraus. Weißt du, wo die Portland Street ist?«

»Ich habe einen Stadtplan. Gehört zum Bloomsbury-Bezirk, nicht wahr? In der Nähe des Oxford Circus.«

»Ich sehe, du kennst dich aus.«

»Hast du etwas anderes erwartet, Bobby? Übrigens, ich hoffe, du glaubst nicht, daß ich dir für diese Auskunft etwas schuldig bin.«

Kwong schnaufte durch die Nase. »Soll das heißen, daß du mir keinen Gefallen tun willst?«

»Das kommt darauf an.«

»Auf was?«

»Darauf, ob ich es verantworten kann oder nicht, Bobby. Du weißt doch, die Drei Gerechten sind zahm geworden und halten sich an die Gesetze.«

»Nichts gegen die Gesetze, Manfred.«

»Was dann?«

»Versprich mir, daß du auf Letheritt aufpaßt, damit ihm nicht unverhofft etwas Übles zustößt. Er schuldet mir eine Menge Geld, verstehst du.«

»Geld für Stoff, den er von dir gekauft hat?«

»So genau brauchst du das alles gar nicht zu wissen«, entgegnete der Chinese. »Ich will nur nicht, daß er überraschend stirbt und seine Schulden nicht mehr begleichen kann. Wir haben dazu ein Sprichwort. Willst du es hören?«

»Schieß los.«

»Wer mit Schulden ins Grab kommt, dem ist die Hölle sicher.«

»Ziemlich dämlich für ein altes chinesisches Sprichwort, Bobby!«

Bobby Kwong lachte glucksend in den Hörer hinein. »So alt ist es nun auch wieder nicht«, sagte er. »Ich habe es eben erst erfunden.«

George Manfred hängte ein.

Manfred ließ ebenfalls eine Notiz auf dem Marmortisch zurück. »Letheritt plant seinen letzten Streich. Ich kümmere mich um ihn.«

Mehr nicht. Es war Spätnachmittag, als er das kleine Haus an der Curzon Street verließ, ein Taxi nahm und zum Oxford Circus hochfuhr. Dort stieg er aus, bezahlte und ging zu Fuß weiter. Er orientierte sich nach den Angaben von Bobby Kwong und fand die Little Portland Street ohne Schwierigkeiten. Die schmale Straße war nur zwei Häuserblocks lang und verband die Regent Street mit der Thitchfield Street. Ungefähr auf halber Länge kreuzte sie die Big Portland Street.

An dieser Kreuzung brannte eine Laterne. Der Lichtschein beleuchtete die alten Häuserfassaden mit Fenstern ohne Glas, Trümmerhaufen und ein Autowrack, das bis zur Windschutzscheibe im Schutt steckte und fast ganz ausgeschlachtet war. Es sah hier aus, als hätte gerade eine Bombe eingeschlagen, aber offenbar war man nur dabei, einige der alten baufälligen Häuser abzureißen, um Platz für neue Geschäfts- und Mietshäuser zu schaffen.

George Manfred schlug den Mantelkragen hoch. Es war kalt geworden. Der Asphalt der Straße glänzte naß, aber es regnete nicht mehr. Als er am Autowrack vorbeiging, bewegte sich darin eine Gestalt, und für einen Moment tauchte im Dunkel das bärtige Gesicht eines Mannes auf, der nur ein Auge hatte.

Manfred ging schnell weiter. In einer Seitengasse entdeckte er den leerstehenden Laden, über dem noch immer ein Schild an der Hausmauer hing. GRAHAM & SONS. – Quality Fur.

Der Laden hatte keine Tür, und im Eisenrahmen des Schaufensters staken nur noch Scheibenscherben, an deren zackigen Rändern das Laternenlicht funkelte. Als Manfred den Laden betrat, schreckte er irgendein Tier auf, das kreischend floh. Manfred blieb stehen. Er hatte kein gutes Gefühl. Irgendwie warnte ihn eine innere Stimme, weiterzugehen. Er sah sich um, konnte aber die Gefahr nicht erkennen, die ihm drohte. Es war dunkel im Laden. Nur schwach hoben sich die halbzerfallenen Regale von den etwas helleren Wänden ab. Zwei Türen führten in andere Räume. Manfred entschied sich für die linke Tür, die schief in den Angeln hing und einen Spaltbreit offenstand. Vorsichtig ging er darauf zu. Unter seinen Schuhen knirschte Glas. Dann stieß er gegen einen Blecheimer, und das scheppernde Geräusch klang überlaut in dieser toten Gebäuderuine.

Bei der Tür blieb Manfred erneut stehen. Erst jetzt merkte er, wie trocken sein Mund geworden war. Er fuhr sich mit der Zunge über die Lippen. Dann rief er mit leiser Stimme nach Letheritt.

Der Name verlor sich in der Finsternis. Es kam keine Antwort zurück. Nichts rührte sich. Manfred konnte nur sein eigenes Herz schlagen hören, und irgendwo draußen kratzte ein Blechschild an der Wand, wenn der Wind in die Gasse drang.

Manfred versuchte, die Tür ganz aufzuziehen, aber sie stand am Boden auf und war irgendwie verklemmt. So drückte er sich durch den Spalt. Tiefe Finsternis umfing ihn. Er konnte nichts sehen, nicht einmal die Wände des Raumes oder die Decke. Er wünschte, er hätte die kleine Taschenlampe mitgenommen, die ihm Raymond zu Weihnachten geschenkt hatte. In der Innentasche seines Mantels fand er seine Streichhölzer. Die kleine flackernde Flamme erhellte den Flur, der an einer kahlen Wand endete. An der linken Wand war eine Türöffnung mit halb herausgerissenem Rahmen. Manfred ging darauf zu, ein neues Streichholz auf Kopfhöhe erhoben. Er mußte sich unter einem Stück Holz hindurchbücken, und als er sich wieder aufrichtete, befand er sich in einer kleinen fensterlosen Kammer. Der Geruch von modriger Fäulnis drang in seine Nase.

»Mr. Letheritt!« rief Manfred leise.

Ein dumpfes Grollen war die Antwort. Ein Schatten, den Manfred aus dem Augenwinkel wahrnahm, ließ ihn herumfahren. Aber seine Abwehrbewegung mit dem rechten Arm kam zu spät. Ein Stück des herausgerissenen Türrahmens traf ihn von der Seite am Kopf. Manfred merkte gar nicht, wie die Knie unter ihm einknickten. Haltlos sackte er zusammen, und wie durch wallende Nebelschleier hindurch sah er den Mann, der breitbeinig über ihm stand. Der Mann war ein Riese, und die Fäuste, in denen er das Stück des Türrahmens zum nächsten Schlag erhoben hatte, waren behaart wie die eines Menschenaffen. Er hatte ein fleischiges Gesicht, dicke Nackenwülste und aufgeworfene Lippen. Sein Schädel war kahlgeschoren.

George Manfred wollte um Hilfe schreien, aber nur er allein konnte seine Stimme hören. Aus seinem Mund drang nicht mehr als nur ein leises Stöhnen, bevor er in tiefe Ohnmacht fiel. Er merkte nicht mehr, wie ihn der Mann packte und zur Öffnung des Fußbodens schleifte.

Leon kam spät nach Hause und verschwand sofort im Archiv, ohne mit Poiccart auch nur ein Wort zu wechseln. Dabei hatte Poiccart eigentlich gute Nachrichten. Mr. Logsdon, ein Rechtsanwalt, der ihnen seit längerer Zeit das Honorar für einen Überwachungsauftrag schuldig gewesen war, hatte überraschend den vollen Betrag gezahlt. Das reichte wenigstens, die Reparaturkosten für den Sunbeam zu bezahlen, die anderen laufenden Ausgaben zu decken und etwas Betriebskapital auf die Bank zu legen.

Leon blieb länger als eine Stunde im Archiv, und als er herauskam, strahlte er, als hätte er eben als erster herausgefunden, daß die Welt rund ist.

»Ich habe ihn«, sagte er zu Poiccart, der am Tisch saß und die Abwesenheit seiner beiden Partner dazu benutzt hatte, ein paar persönliche Briefe zu schreiben. Er blickte interessiert auf, denn normalerweise war es im kleinen Haus an der Curzon Street nicht üblich, einen bevorstehenden Erfolg durch einen Freudenausbruch kundzutun. Im Gegenteil, gerade Leon verstand es, besonders gelassen zu wirken, wenn er innerlich aufgewühlt war.

»Darf ich vielleicht fragen, um wen es sich handelt?« fragte Poiccart so nebensächlich wie möglich. »Auf dem Tischchen neben dem Telefon liegt nämlich eine Notiz unseres Freundes Manfred, der behauptet, daß er Mr. John Letheritt aufgestöbert hat.«

Die Freude wich aus Leons Gesicht. Er ging zu dem kleinen Marmortisch und überflog Manfreds Notiz. Als er den Kopf hob, beherrschte ein Ausdruck der Sorge seine dunklen Augen. »Der Mann, der Lew Leveson ermordet hat, ist ein ehemaliger Sträfling aus dem Wilford-Gefängnis«, sagte er zu Poiccart. »Er heißt Harold Kessell; er war Letheritts Zellennachbar. Er wurde vor anderthalb Monaten entlassen und ist seither spurlos verschwunden. Ich bin sicher, daß er John Letheritt aufgesucht und bei ihm Unterschlupf gefunden hat.«

»Ich dachte, Letheritt hätte allein in der Wohnung gehaust?« wandte Poiccart ein. »Man hat ja keine Fingerabdrücke einer anderen Person gefunden und keine Anhaltspunkte, daß Letheritt einen Gefährten hatte.«

»Sie müssen nicht unbedingt zusammen gewohnt haben, Raymond. Aber ich bin sicher, daß sie sich getroffen haben und Letheritt, der ja schon länger draußen war, seinem Kumpel aus dem Gefängnis unter die Arme gegriffen hat.«

»Und wo befindet sich Kessell jetzt?«

»Dort, wo Letheritt ist.«

Poiccart hob die Brauen. »Du meinst, daß Manfred Gefahr läuft, diesem Harold Kessell zu begegnen, wenn er Letheritt zu nahe kommt?«

»Genau das meine ich«, sagte Leon grimmig. »Und aus den Akten, die ich mir von Dearborn besorgt habe, geht eindeutig hervor, daß es sich bei Harold Kessell um einen gewalttätigen Menschen handelt, der über Bärenkräfte verfügt. Er ist fast zwei Meter groß und über zweihundert Pfund schwer, und er war früher Berufsringer. Später arbeitete er in den Rotherite-Docks, und bei einer Auseinandersetzung mit dem Vormann brach er diesem beinahe das Kreuz. Dafür kam er zweieinhalb Jahre hinter Gitter.«

Poiccart stand auf. »Was können wir unternehmen?« fragte er beinahe drängend. »Weißt du, wo sich Letheritt aufhalten könnte?«

»Keine Ahnung.«

»Ich verstehe einfach nicht, daß Manfred nicht deutlichere Angaben gemacht hat«, schimpfte Poiccart. Er warf einen Blick auf die Uhr. »Bald elf Uhr«, sagte er und ging zum Fenster. Unten war der Sunbeam geparkt. Auf der anderen Straßenseite, in der Wohnung des älteren Ehepaars, brannte Licht. Ein Schutzmann stand unter einer Straßenlaterne und zündete hinter vorgehaltener Hand eine Zigarette an. Dann ging er weiter, und nach einigen Augenblikken hatte ihn der Nebel geschluckt.

Poiccart drehte sich um, als er hörte, wie Leon die Wählscheibe am Telefon betätigte.

»Wen rufst du an?« fragte er.

»Miß Brown«, sagte Leon.

»Die hat dir doch gar keine Telefonnummer gegeben.«

Leon lächelte vage, sagte aber nichts mehr. Es dauerte eine Weile, bis am anderen Ende der Leitung abgehoben wurde. Und wie es Leon nicht anders erwartet hatte, meldete sich eine Frauenstimme.

»Hallo, John? Bist du das?«

Leon gab ihr keine Antwort. Er legte auf und ging die Treppe hinunter. Poiccart folgte ihm. Unten zog Leon seinen Mantel an und setzte den Hut auf. »Ich bin wahrscheinlich nicht vor Morgengrauen zurück«, sagte er und öffnete die Haustür. »Ruf bitte Dearborn an und sag ihm, er soll ganz Soho nach Manfred abklappern. Besonders die Lokale, in denen Opium gehandelt wird. Sag ihm, daß ich Harold Kessell für den Mörder von Leveson halte.«

»Und wenn er nach dir fragt?«

»Sag ihm, daß ich ihn zu einem Herbstausflug nach Wilford einlade, sobald dieser Fall gelöst ist.«

8. Kapitel
Ein Geschäft mit dem Tod

Gwenda fuhr langsam. Die Sicht war schlecht. Manchmal konnte man kaum die Häuserreihen zu beiden Seiten der Wandsworth Street sehen.

Das Auto, das Gwenda fuhr, war ein alter Bean, der ihrer Mutter gehört hatte. Hinter der Rückenlehne der vorderen Sitzbank befand sich eine Trennscheibe, die nach Bedarf heruntergekurbelt werden konnte.

Jetzt war sie zu und verriegelt, denn hinten im Fond saß Joe Lenthall.

Gwenda mochte Joe Lenthall nicht. Allein seine Nähe machte sie unsicher. Er war ein schweigsamer Mensch und ein Einzelgänger. Zwölf Jahre seines Lebens hatte er hinter Schloß und Riegel verbracht. Totschlag. Wenn ihm Gwenda nicht das Leben gerettet hätte, wäre er vor zwei Jahren an Lungenfieber gestorben und längst unter dem Rasen. Sie hatte ihn behandelt und gesund gepflegt. Weil sie es als ihre Pflicht ansah. Und auch, um ihr Gewissen zu erleichtern.

Jetzt fühlte er sich ihr verpflichtet. Er tat alles, was sie von ihm verlangte. Er hatte sich von John Letheritt die Treppe hinunterwerfen lassen, weil sie ihm befohlen hatte, keine Gewalt anzuwenden. Sonst hätte er John das Genick gebrochen. Kräftig genug war er. Kräftig und kaltblütig. Als sie ihm an diesem Abend sagte, daß er heute nacht erneut aus dem Gefängnis und John umbringen durfte, hatte er nur gelächelt. Jetzt saß er hinten im Fond, und sie konnte ihn im Rückspiegel sehen. Seine Augen waren zu, und er schien zu schlafen, aber das kalte Lächeln umspielte noch immer seine Lippen.

Gwenda bog in die Auffahrt zur Vauxhall Bridge ein. Ein Taxi überholte sie, und der Fahrer, der eine Zigarette rauchte, blickte kurz herüber. Gwenda fuhr etwas langsamer, und bevor sie das andere Ende der Brücke erreicht hatte, waren die Schlußlichter des Taxis im Nebel verschwunden.

Hier, über der Themse, war der Nebel so dicht, daß Gwenda fast die Millbank-Ausfahrt verpaßte. Die erleuchtete Säulenfront der Tate-Gallery tauchte zur linken Hand im Nebel auf. Gwenda erinnerte sich an einen Sonntagnachmittag, den sie mit John Letheritt in den Ausstellungshallen verbracht hatte. John interessierte sich damals für englische Gemälde aus dem 16. Jahrhundert. Sie selbst hatte sich mehr für die ausgestellten Impressionisten interessiert, für Utrillo besonders und für Bonnard. Manchmal wünschte sie sich jenen Frieden zurück, den sie für ein Teufelswerk aufgegeben hatte. Manchmal wünschte sie die Vergangenheit zurück, und dann mußte sie sich zwingen, ihren Gedanken eine andere Richtung zu geben.

Als sie zwischen dem Parlamentsgebäude und der Westminster-Kathedrale vorbeifuhren, schlug Big Ben die zweite Stunde. Die Glockenklänge schreckten sie aus ihren Gedanken. Sie warf einen Blick in den Rückspiegel. Joe Lenthall war erwacht. Die Blicke aus seinen dunklen stechenden Augen trafen sich mit den ihren. Er lächelte jetzt nicht mehr. Sein Gesicht war beinahe wie eine Maske aus Stein, der Mund nur ein schmaler Strich, die Augen kleine schwarze Löcher im Schatten der Brauen.

Gwenda steuerte den Wagen um den Parliament Square herum, schwenkte nach rechts in die St. George Street ein und dann in die Bridge Street. Als vor ihr die Laterne mit den drei Strahlern auftauchte, fuhr sie langsamer. Im Rückspiegel sah sie, wie Joe Lethall verschwand. Er kauerte nieder, so daß man ihn von draußen nicht sehen konnte.

Gwenda fuhr die Auffahrt zum Victoria Embankment hinunter, vorbei am Westminster-Pier. Nach etwa einem halben Kilometer, dort, wo es keine Laternen gab, hielt sie an.

Das Westminster-Pier war ausgestorben, der Zugang durch eine Kette versperrt. Dunkel hoben sich die zwei Säulen aus dem grauen Nebel, zwischen denen hindurch man zur Anlegerampe gelangte.

John Letheritt stand beim Billettschalter, dessen Fenster mit Lamellenläden verschlossen waren. Von seinem Platz aus konnte er die breite Steintreppe sehen. Sie führte vom Victoria Embankment zur Brücke hoch. Die Laterne am Anfang der Brücke beleuchtete die Stufen und die Mauer. Von der Brücke selbst konnte John Letheritt nur den ersten Pfeiler sehen. Das Steingeländer fing bei der ersten Laterne an und zog sich in gerader Linie in den Nebel hinaus. Schon das Licht der zweiten Laterne vermochte kaum mehr, den Nebel zu durchdringen.

John Letheritt war seit Mitternacht hier. Er wollte sichergehen. Zuerst war er in der Gegend herumgeschlendert, war sogar dicht an der Polizeiwache vorbeigegangen, die sich keine hundert Schritte entfernt in der Bridge Street befand; schließlich hatte er sich entschieden, über die Absperrung hinwegzusteigen und auf dem Pier zu warten, beim Schalterhäuschen.

Zunächst wollte die Zeit nicht vergehen. John Letheritt studierte sämtliche Fahrpläne der Dampfer, die auf der Themse verkehrten. Er erinnerte sich an einen Sonntagnachmittag, den er mit Merrill Folian auf dem Schaufelraddampfer »Olaf« verbracht hatte. Ein Ausflug die Themse hoch. Gwenda war damals nicht dabeigewesen. Jemand hatte sie zu einem Kricketspiel im Hyde Park eingeladen. Später hatte er sich dann mit ihr getroffen, und sie hatten den Abend zusammen bei vornehmen Freunden in Belgravia verbracht. Obwohl sich so viel geändert hatte, erschien es ihm, als ob jene glückliche Zeit erst gestern gewesen wäre. Er konnte sich sogar noch an Gespräche erinnern, die sie damals geführt hatten, hörte das Lachen von Gwenda, die immer fröhlich gewesen war, roch ihr Parfüm und fühlte ihre Nähe.

Manchmal, aber nicht mehr oft, wünschte er jene Zeit zurück. Und er fragte sich, ob nicht auch Gwenda ab und zu von ihren Erinnerungen heimgesucht wurde. Zum Beispiel in einer Nacht wie dieser. Sie waren beide unterwegs, um sich an einem bestimmten Ort zu treffen. Zum letztenmal sollte es sein. Danach wollte er endgültig vergessen. Danach wollte er versuchen, nie mehr zurückzudenken.

John Letheritt merkte, wie ihm die feuchte Kälte durch die alten schmutzigen Kleider drang. Er stand auf und schlug die Arme um seinen Oberkörper. Es half nichts. In der Innentasche seines Mantels hatte er einen Flachmann, aber der war bis auf einen Schluck leer. Und diesen Schluck wollte er sich für nachher aufheben, wenn alles vorbei war.

Er lächelte bei diesem Gedanken. Mit sechstausend Pfund konnte er ein neues Leben anfangen. Du mußt dich nur zusammenreißen, dachte er. Geh weg von hier. Nach Südafrika vielleicht. Kein Opium mehr. Kein Alkohol. Dort, in Südafrika, war für jeden ein neuer Anfang, sagte man. Wenn ein Mann dort ankam, schlug er im Buch seines Lebens eine neue Seite auf. Nicht einmal seinen Namen wollte er behalten. Ein neuer Name. Ein neues Leben. Akademiker waren gesuchte Leute dort. Dr. Gainsborough konnte er sich nennen. Wie der Maler. Es war ein guter Name, der nach Ehrlichkeit klang, nach Pflichtbewußtsein und nach Rechtschaffenheit, ein Name für einen Mann mit Verantwortung.

Er überlegte sich, was Gwenda zu diesem Namen sagen würde. Vielleicht, so dachte er, konnte er sie fragen. Gainsborough weckte Vertrauen.

John Letheritt hauchte in seine Hände. Der Atem formte sich vor seinem Gesicht zu einer Wolke. Es konnten nicht mehr als drei oder vier Grad über Null sein. Gegen Morgen würde es vielleicht sogar frieren.

Irgendwann schlug Big Ben.

Zwei Uhr.

John Letheritt lauschte dem Klang nach. Noch eine Stunde. Er zweifelte keinen Moment daran, daß sie kommen würde. Es stand zuviel auf dem Spiel für sie. Ihre ganze Zukunft.

Scheinwerferlicht huschte über die Treppenmauer herunter. John Letheritt konnte das Auto noch nicht sehen, aber der Bewegung des Lichtes nach kam es aus der Richtung, aus der er Gwenda erwartete. John Letheritt stand in der Türnische des Schalterhäuschens, nicht mehr als ein Schatten, der sich kaum von der marineblauen Tür abhob.

Das Auto schwenkte in das Victoria Embankment ein, und jetzt konnte John Letheritt es sehen; ein alter schwarzer Bean. Ein Viersitzer war es, eckig und mit einem verbeulten Kotflügel. Der Wagen hatte einmal Gwendas Mutter gehört.

Big Ben schlug die dritte Stunde.

Unter der Laterne am Anfang der Westminster Bridge, dort, wo die breite Treppe zum Victoria Embankment hinunterführte, stand eine tief vermummte Gestalt. Nebelschwaden krochen den Kai entlang. Es war kein Verkehr mehr, kein Leben.

Gwenda blickte sich nach allen Seiten um. Langsam verhallte der letzte Schlag der dreizehn Tonnen schweren Glocke. Minuten vergingen. Nichts geschah. Gwenda drückte die kleine Tasche fest an sich, die sie unter dem Mantel trug. Sechstausend Pfund waren darin. Genau abgezählte Scheine.

Drüben, dort, wo sich die Polizeistation befand, leuchteten plötzlich Scheinwerfer auf. Männerstimmen drangen durch den Nebel. Jemand lachte laut. Dann wurde es wieder still. Eine Viertelstunde verstrich.

Gwenda entfernte sich etwas von der Laterne. Sie konnte die Umrisse des Westminster-Piers sehen, die Pfähle, die aus dem Wasser ragten, die beiden Gebäude und den Steg. Auf einem der Pfähle stand eine einzelne Möwe.

Gwenda ging zum Brückengeländer, das aus Sandstein gehauen war. Sie blieb dort stehen. Aus weiter Ferne drang ein Röhren durch den Nebel. Das Signalhorn eines Schiffes.

Gwenda wurde ungeduldig. Hatte John Verdacht geschöpft? Hatte er vielleicht Joe Lenthall gesehen? Oder hatte er sich nur verspätet?

Sie ging zur Laterne zurück und blickte die Treppe hinunter. Sollte sie hinuntergehen? Wartete er vielleicht im tiefen Schatten der Brücke? Gwenda holte tief Luft und wollte sich umdrehen. In diesem Moment legten sich eiskalte Finger um ihren Nacken, und eine fast tonlose Stimme befahl ihr, die Stufen hinunterzugehen. Gwenda glaubte für einen Moment, ihr Herz würde stillstehen. Erst nach Sekunden gelang es ihr, sich zu fassen.

»Bist du das, John?« fragte sie leise.

»Wer denn sonst«, gab die Stimme leise zurück, und der Geruch von billigem Schnaps stieg ihr in die Nase.

»Du tust mir weh, John«, sagte sie. »Laß mich los, bitte!«

Der Griff im Nacken lockerte sich nicht, und bevor er sie ein zweitesmal auffordern mußte, gehorchte sie dem Druck.

Er führte sie die Treppe hinunter und auf das Pier hinaus. Dort ließ er sie los. »Schön, daß du gekommen bist«, sagte er und machte eine einladende Bewegung zur Sitzbank hin, die an der Schmalseite des Schalterhäuschens stand.

Gwenda setzte sich. Die Angst, daß Joe Lenthall nicht rechtzeitig kommen würde, lähmte sie beinahe. Sie konnte sich nicht erinnern, sich jemals vor John Letheritt gefürchtet zu haben. Aber heute war es anders. Heute schien er nervös und unsicher.

»Es ist das letztemal«, sagte er, als hätte er ihre Gedanken erraten. Sein Gesicht wirkte blaß in der Dunkelheit. Wie ein fahler Fleck. Er lächelte, und es war kein gutes Lächeln. Sie spürte es deutlich.

»Bist du allein gekommen?« fragte er.

Sie nickte. »Ja. Warum fragst du? Traust du mir nicht?«

»Wie könnte ich dir trauen? Du hast mich betrogen. Du hast mich angelogen, und du hast mich aufgegeben, als ich deine Hilfe brauchte.«

»Du hast dich selbst aufgegeben, John. Ich konnte nichts für dich tun.«

»Du hast zwei Menschen umgebracht, Gwenda, und beim erstenmal glaubte ich, daß es ein ehrlicher Irrtum war.« John Letheritt lachte bitter. »Ich war naiv genug, dir zu glauben. Deine Lügen waren für mich Wahrheit. Und selbst als ich wußte, daß du ihn umgebracht hast, um an das Geld heranzukommen, wollte ich es nicht wahrhaben.«

John Letheritt setzte sich neben sie auf die Bank. Ganz schwach roch er ihr Parfüm. Es war noch immer das gleiche, das ihn vor Jahren so bezaubert hatte. Von der Seite blickte er sie an. Ihr Gesicht hatte harte Züge bekommen. Sie starrte in den Nebel hinaus und preßte die Lippen fest zusammen.

»Ich habe dich gedeckt, Gwenda«, sagte er. »Ich habe einen Totenschein ausgestellt, auf dem ich eine falsche Todesursache angegeben habe.« John Letheritt lachte auf. »Du hast mir nie gesagt, was in der Spritze war, die du ihm gegeben hast.«

Sie wandte den Kopf. »Müssen wir davon sprechen,

John? Es gibt keinen Grund, noch einmal alles durchzumachen.«

»Die Erinnerung quält dich, nicht wahr?«

»Ja. Wenn ich zurück könnte, ich würde es nicht mehr tun, John.«

»Aber du hast es getan. Aus reiner Geldgier. Du hast zwei Menschen auf dem Gewissen, Gwenda, und diese Erinnerung wird dich bis an dein Lebensende verfolgen. Ich . . .«

»Hör auf, John! Es hat keinen Sinn, wenn du mich quälst. Du kriegst dein Geld. Seit Jahren kriegst du dein Geld, nicht wahr. Ich habe dir schon mehr gezahlt, als ich damals . . .«

»Nicht genug!« unterbrach er sie. »Wieviel ist dir ein Menschenleben wert? Dreitausend Pfund? Zehntausend? Viel kann es nicht sein, denn du hast mich einen Mann umbringen lassen, der mir vertraute, und du hast mich ruiniert. Dafür bezahlst du. Hast du das Geld?«

»Ja.«

»Gut. Ich werde nach Südafrika auswandern.« Er brach ab und blickte sie von der Seite erwartungsvoll an. Sie wandte ihm ihr Gesicht zu, dieses hübsche schmale Gesicht mit den graublauen Augen und der Nase voller Sommersprossen. Ja, sie war noch immer schön, obwohl die Schuld ihre Züge geprägt hatte.

»Ich werde in Südafrika ein neues Leben anfangen«, sagte er.

»Das ist gut«, erwiderte sie.

»Du traust es mir nicht zu, nicht?«

»Ich weiß nicht, John. Du bist heruntergekommen. Das Gift in dir frißt dich auf. Der Alkohol und . . .«

»Ich fange von vorne an, glaub es mir. Noch bin ich stark genug. Und Südafrika ist ein Land, das einem eine neue Chance gibt. Ich werde dort wieder als Arzt arbeiten.« Er lachte heiser. »Weißt du, manchmal träume ich davon, daß wir beide dort sind. Du und ich. Ich habe einen neuen Namen, und du bist meine Frau.« Er beugte sich zu ihr hinüber und langte mit zitternden Fingern nach einer Haarlocke. Er merkte, wie sie sich aufrichtete und steif wurde.

»Du weißt, daß ich von hier nicht weggehen kann«, sagte sie.

»Ich weiß, und deshalb ist es nur ein Traum. Was hältst du von Gainsborough?«

»Wer ist das?«

»Dr. John Gainsborough.«

»Oh. Ein guter Name, John.«

»Ich wußte, daß er dir gefällt.« John Letheritt ließ die Haarlocke plötzlich los und stand auf. »Gib mir das Geld!« forderte er sie hart auf.

Gwenda griff in den Mantel und brachte ein kleines Paket zum Vorschein.

»Hier«, sagte sie, und ihre Stimme zitterte. »Sechstausend Pfund. Mehr habe ich nicht.«

Er lachte gehässig auf. »Es genügt mir«, sagte er und nahm ihr das Bündel weg. Er wog es prüfend in seiner Hand, hielt es aber nicht für nötig, das Geld nachzuzählen. Er wußte, daß sie nicht hergekommen war, um ihn zu betrügen. Sie wollte ihn los sein. Für immer.

Leon Gonsalez hielt vor dem alten Wirtshaus an. Durch die kleinen Fenster fiel warmes Licht auf die Pflastersteine, mit denen der Boden um das Gebäude herum ausgelegt war. Irgendwo bellte ein Hofhund. Sonst war es still hier draußen, still und klar. Man konnte die Sterne sehen und den Mond über den Ziegeldächern des Gefängnisses. Hier draußen gab es selten Nebel, und die Luft roch nicht nach Dieselöl und Abgasen, und wenn es regnete, kam kein Ruß vom Himmel, wie das in London so oft der Fall war.

Hier draußen herrschte Ruhe, und die Leute wurden alt, ohne daß sie etwas davon merkten.

Leon blickte zum Gefängnis hinüber. Die Zellenblöcke waren dunkel. Nur im Wächterhaus brannte Licht, und vor dem Wohnhaus beleuchtete eine Laterne ein Stück der hohen Mauer und den prächtig angelegten Garten.

Leon stieg aus. Im Wirtshaus hielten sich nur noch ein paar späte Gäste auf. Leute aus der Umgebung. Farmer. Knochige Gesichter mit mißtrauischen, glasklaren Augen.

Als Leon hereinkam, wurde es still. Sie sahen sofort, daß er aus der Stadt kam. Und sie wußten, daß er keiner von ihnen war, daß er vielleicht eine Kuh nicht von einem Pferd unterscheiden konnte und die Nase rümpfte, wenn es irgendwo nach Mist roch.

Leon grüßte höflich, setzte sich an einen kleinen Tisch und bestellte ein Glas Ale. Der Wirt, ein fetter Mann mit einem Dreifachkinn und kleinen wäßrigen Schweinsäuglein, wischte seine Hände an der Schürze ab und füllte ein Glas. Seine Gäste beobachteten jede seiner Bewegungen, so, als wollten sie sehen, wie er mit dem Fremden zurechtkam. Niemand redete mehr.

»Recht kühl für die Jahreszeit«, sagte Leon in die Stille hinein. Er erschreckte sie. Nur einer blickte herüber. Die anderen senkten schnell die Köpfe, starrten auf ihre Schuhe nieder oder in ihre Gläser hinein.

»Recht kühl, Sir«, sagte der eine. Er nickte Leon zu.

»Nun, die Ernte ist eingebracht, nicht?«

»Sehr wohl, Sir«, sagte der Mann. Er war nicht älter als fünfundzwanzig, spindeldürr und mit einem rotfleckigen Fuchsgesicht.

Der Wirt brachte das Glas zum Tisch, und Leon bezahlte sogleich.

»Ruhig hier draußen«, sagte er, und es war mehr eine Feststellung als eine Frage. Trotzdem fühlte sich der Wirt zu einer Antwort verpflichtet.

»Wir mögen es so, wie es ist, Sir«, sagte er.

»Ich komme aus London«, sagte Leon.

Der Wirt nickte nur. Wahrscheinlich hatte er nichts anderes erwartet. Woher sonst hätte Leon mitten in der Nacht kommen können, wenn nicht von London.

»Glauben Sie, daß es zu spät ist, einer jungen Dame einen Besuch abzustatten?« fragte Leon, und der Wirt hob die dünnen Brauen.

»Es fragt sich, um welche Dame es sich handelt«, sagte er, und bei der Theke stieß der junge Bursche mit dem Fuchsgesicht einem andern den Ellbogen in die Seite. Dann kicherten sie alle, als hätte der Wirt einen hervorragenden Witz erzählt.

»Miß Gwenda.«

»Miß Gwenda?« Der Wirt verzog sein Gesicht. Er wandte sich an die Gäste an der Theke. »Kennt einer von euch Miß Gwenda?«

Sie sahen sich betreten an. Dann kicherte der eine wieder, und die anderen schmunzelten und kicherten auch.

»Wir kennen hier keine Miß Gwenda, Sir«, sagte der Wirt. »Könnte es sein, daß man Sie in die Irre geführt hat?« Er lächelte etwas.

»O nein«, sagte Leon. »Das halte ich für unmöglich. Es könnte natürlich sein, daß die junge Dame hier unter einem anderen Namen bekannt ist.«

»Hm«, machte der Wirt. »Well, Sir, wir schließen in einer halben Stunde. Wenn Sie wollen, können Sie hier unterkommen. Wir haben Gästezimmer.«

Leon wollte ihm sagen, daß er kaum hier in Wilford übernachten würde, als die Tür aufging und ein Mann hereinschlurfte, bei dessen Anblick Leon unwillkürlich fröstelte. Der Mann hatte ein hageres Gesicht, durchzogen von Striemen und häßlichen Wülsten. Der größte Teil seines Unterkiefers fehlte, und unter seiner speckigen Schildmütze hervor lugten lange, verfilzte Haarsträhnen.

»Zach!« sagte der Wirt sofort. »Zach, dieser Gentleman hier sucht nach einer jungen Dame, die Gwenda heißt.«

Der Mann schlurfte zur Theke. Dort nahm er den Schal ab und knöpfte seinen Kittel auf. Er sagte etwas, ohne sich dem Wirt zuzuwenden, und Leon konnte nichts verstehen. Es waren keine Worte, die der Mann von sich gab, mehr ein gutturales Lallen, das tief aus seiner Kehle kam.

»Folian«, sagte der Wirt. »Gwenda ist Folians Tochter? Bist du sicher, Zach?« Zach gurgelte etwas, aber Leon hatte genug gehört. Der Wirt hätte ihm nicht einmal mehr zu bestätigen brauchen, was er längst vermutet hatte.

»Zach sagt, daß Gwenda Mr. Folians Tochter ist«, sagte der Wirt. »Er ist ganz sicher. Miß Gwenda Folian.« Er schüttelte den Kopf, während er dem Namen nachlauschte. »Sie heißt nicht Gwenda, soviel ich weiß. Sie heißt Allison. Allison Folian wie ihre Mutter.«

Leon lehnte sich zurück und fragte, ob er Zach vielleicht ein paar Fragen stellen dürfe.

»Sind Sie ein Privatdetektiv oder was?« fragte der Wirt.

»Ich arbeite mit Inspektor Dearborn zusammen«, sagte Leon. »Scotland Yard.« Und wenn etwas hier Eindruck machte, dann war es Scotland Yard.

Der Wirt rief Zach heran. »Komm, setz dich her, Zach. Du brauchst dich vor diesem Gentleman nicht zu fürchten. Der ist von Scotland Yard.« Der Wirt holte eine Flasche Schnaps vom Regal hinter der Theke und lockte damit Zachary McClendon zum Tisch.

»Hier sind die Briefe«, sagte John Letheritt und gab ihr die Papiertüte, die er in seinem Mantel versteckt gehabt hatte. »Es ist alles drin.«

»Alles?« fragte sie hastig.

»Alles! Nimm es und verschwinde! Ich bin froh, daß es endlich vorbei ist. Ich bin froh, wenn du für mich nicht mehr existierst.«

Sie nahm das Paket, und für einen Moment sah es danach aus, als wollte sie es in die Themse werfen. Aber dann überlegte sie es sich anders und ließ es in ihrem Mantel verschwinden.

»Du hast ein gutes Geschäft gemacht«, sagte sie.

Er lächelte. Dann drehte er sich um und ließ sie einfach stehen. Er ging über den Holzplankensteg zum Kai hinüber, stieg über die Absperrkette hinweg und ging die Treppe hoch. Er blickte sich nicht mehr nach ihr um, und mit jedem Schritt, den er sich mehr von ihr entfernte, wurde ihm wohler. Er hätte nie gedacht, daß ihm diese letzte Trennung von ihr soviel Erleichterung verschaffen würde, und er hätte vor Freude jubeln mögen.

Er durchquerte den Lichtschein der Laterne, ging über die Straße und auf der anderen Seite die Treppe hinunter. Unten blieb er kurz stehen, nahm den Flachmann aus dem Mantel und trank den Schluck, den er sich für diese Gelegenheit aufbewahrt hatte. Es sollte der letzte in seinem Leben sein, und so warf er die Flasche in die Themse hinaus.

Beinahe vergnügt schlenderte er die Kaimauer entlang. Es war dunkel hier unten. Der Nebel kroch vom Wasser hoch wie Geisterhände, die nach ihm greifen wollten. Aber es konnte ihm jetzt nichts mehr passieren. Er hatte sechstausend Pfund in der Tasche, und er war dabei, seine Erinnerungen loszuwerden. Schritt für Schritt ein bißchen mehr.

John Letheritt hatte keine Ahnung, daß er ein Geschäft mit dem Tod gemacht hatte, denn er sah den Schatten nicht, der ihm lautlos folgte . . .

9. Kapitel
Die Fänge des Gesetzes

Daß Inspektor Dearborn Bobby Kwong erwischte, war reiner Zufall. Daß er ihn eigenhändig überwältigen konnte, glaubte ihm später niemand mehr, denn Bobby Kwong war gut in Karate und Judo, während Dearborn manchmal sogar Mühe hatte, drei Liegestütze ohne längere Pausen hinzukriegen.

Bobby Kwong war gerade dabei, ein Geschäft abzuschließen, als zwei Beamte von Scotland Yard aus einem Lokal kamen und ihn bemerkten. Bobby Kwong überlegte nicht lange, sondern ergriff die Flucht, rannte die Brewer Street hinunter, hechtete über einen Zaun hinweg und hetzte durch eine Gasse, in der nur ein Wagen geparkt war.

Und in diesem Wagen saß Philander Dearborn. Im Rückspiegel sah er Kwong laufen, und er wartete geduldig den richtigen Moment ab, bevor er plötzlich die Tür öffnete. Kwong rannte aus vollem Lauf dagegen und prallte so hart zurück, daß er für Sekunden mit beiden Füßen in der Luft war und vergeblich nach festem Boden strampelte. Er landete auf seinem Hintern, und bevor er wieder aufspringen konnte, war Philander Dearborn über ihm, drückte ihn nieder und behauptete grimmig, daß er unter dem Mantel den schwarzen Gürtel tragen würde.

»Die Kunst der Selbstverteidigung ist nicht mehr nur euch vorbehalten, mein Freund«, sagte er und ließ nicht los, bis Peter Roos ihm zu Hilfe kam. Der Kriminalunterkommissar legte Bobby Kwong die Handschellen an, zog ihn auf die Beine und fragte ihn sofort nach George Manfred, nach dem eine großangelegte Fahndung lief.

»Wer soll denn das sein?« stieß Bobby Kwong gepreßt hervor. »Ich kenne . . .«

Peter Roos schüttelte ihn ein wenig, und Bobby Kwong brüllte, daß seine beiden Kniescheiben zertrümmert wären und er vor Schmerzen nicht mehr klar denken könne.

Das nützte jedoch alles nicht. Die beiden Beamten, denen er zuerst aufgefallen war, hatten inzwischen seinen Kunden festgenommen und das Rauschgift sichergestellt, das Bobby Kwong auf der Flucht weggeworfen hatte. »Dafür, mein Freund, kommst du zehn Jahre hinter Gitter, es sei denn, du sagst uns, wo wir George Manfred finden können.«

Bobby Kwong gab auf. Er erzählte ihnen, daß Manfred ihn nach John Letheritt gefragt habe und daß er ihn in die Little Portland Street geschickt hätte.

Philander Dearborn und Peter Roos überließen den kleinen Rauschgifthändler den anderen beiden Beamten und machten sich sofort auf den Weg. Peter Roos schaltete die Sirene ein, und mit kreiselndem Rotlicht fuhr er in halsbrecherischer Art durch London. Philander Dearborn, der neben ihm hockte, machte sich klein im Sitz, schloß die Augen, hütete sich aber davor, die Fahrkünste seines Untergebenen anzuzweifeln.

Peter Roos brauchte nicht länger als eine Viertelstunde, um zur Little Portland Street zu gelangen. »Absoluter Rekord«, konstatierte er und bremste vor dem Autowrack im Schutt so hart, daß der Dienstwagen ins Schleudern geriet, sich um die eigene Achse drehte und schließlich mit rauchenden Reifen stillstand.

Inspektor Dearborn wagte es erst jetzt, die Augen zu öffnen. Überraschend stellte er fest, daß er eine freie Nase hatte, so, als ob die Schleimhäute durch die Aufregung abgeschwollen wären.

»Wo sind wir hier?« fragte er und blickte sich entgeistert um. »Kann das London sein, unser königliches London?«

»Sanierungsgebiet, Sir«, sagte Peter Roos. »Die Häuser werden abgerissen.«

Die beiden Beamten stiegen aus, und Peter Roos entdeckte den Kürschnerladen. Er machte Dearborn darauf aufmerksam. Der Inspektor zog seine Dienstwaffe. Er ließ es sich nicht nehmen, voranzugehen, und so war er es, der Harold Kessell zuerst begegnete.

Harold Kessell hatte das Loch verlassen. Er empfing Philander Dearborn im Laden. Der Inspektor sah die riesige dunkle Gestalt sofort. Er blieb stehen. »Guten Abend«, sagte er. »Mein Name ist Dearborn. Inspektor Deaborn von . . .«

Bevor er Scotland Yard sagen konnte, hatte ihn Harold Kessell am Mantelkragen gepackt und hochgehoben. Mit einem dumpfen Grollen, das tief aus der Erde zu kommen schien und keineswegs aus Harold Kessells Mund, ließ der Riese den Inspektor durch die Luft fliegen. Dearborns Dienstrevolver ging los, und die Detonation des Schusses genügte, um fast das ganze Haus einstürzen zu lassen. Dearborn hatte Glück, weil er sich durch die Türöffnung ins Freie warf. Hinter ihm stürzte die Decke nieder und begrub Harold Kessell unter einem Berg von Trümmern.

Peter Roos schaute ungläubig zu, wie die Frontfassade einstürzte, als hätte sich unter dem Haus die Erde geöffnet. Wirbelnde Staubwolken hoben sich und hüllten die beiden Beamten ein. Philander Dearborn wurde von einem wüsten Hustenanfall heimgesucht, taumelte blind im Staub herum, tastete nach Peter Roos und kriegte ein Stück Stoff zu fassen. Erst als sich der Staub gelegt hatte, merkte er, daß er nicht seinen Kriminalunterkommissar am Mantelärmel hatte, sondern George Manfred.

»He, wo kommen Sie denn hier, verdammt noch mal?« stieß Dearborn keuchend hervor.

Manfred war über und über mit Staub bedeckt und hatte eine blutige Schramme an der Stirn. Trotzdem gelang ihm ein schiefes Grinsen. Er zeigte zum Trümmerhaufen hinüber. »Harold verließ das Loch, als er die Polizeisirene hörte, Dearborn. Wenig später öffnete sich über mir die Decke, und ich konnte plötzlich den Himmel sehen. Haben Sie immer solche spektakulären Auftritte, wenn man Sie mal von der Kette läßt, Inspektor?«

Dearborn verzog das Gesicht. »Euch dreien kann man es wohl nie recht machen, wie?« knurrte er gereizt. »Sie haben Glück gehabt, daß wir Sie überhaupt so schnell gefunden haben, zum Teufel. Ist dieser Letheritt hier?«

»Leider nicht.« Manfred drehte sich um und sah, wie Peter Roos mit einem Stück Holz in den Trümmern herumstocherte. Plötzlich fuhr er zurück. »Ich glaube, hier unten steckt Harold«, rief er herüber. »Man kann ihn knurren hören.«

Manfred grinste. »Lassen Sie ihn stecken, Roos. Der Mann ist ein Bär. Wenn Verstärkung kommt, können Sie ihn immer noch ausgraben.«

Durch die Fensterscheibe hindurch sah Leon den Nachtwächter am Tisch sitzen. Seine Arme ruhten angewinkelt auf dem Tisch, und er hatte den Kopf hineingelegt, als würde er schlafen. Auf dem Tisch standen ein Telefon, ein Teekrug und eine Tasse.

Leon klopfte zum drittenmal an, aber der Mann rührte sich nicht. Entweder verfügte er über einen ausnehmend gesunden Schlaf, oder er war ohnmächtig. Leon wartete nicht mehr länger. Er drückte eine abgeteilte Fensterscheibe der Tür ein, langte durch die Gitterstäbe und schob den Innenriegel zurück. Die Tür ließ sich öffnen, und er trat sofort in den kleinen Raum.

Der Mann am Tisch rührte sich nicht. Es war Bennett, der Nachtwächter. Leon tippte ihn an. Er reagierte nicht. Die Tasse vor ihm war bis auf einen kleinen Rest leer. Leon ging zur Stahltür, die zum ersten Zellentrakt führte. Sie war zu, aber nicht abgeschlossen. Leon öffnete sie. Es war still im Gebäude. Die Insassen schliefen.

Ohne sich weiter um Bennett zu kümmern, verließ Leon das Wächterhaus. Er ging an der Außenmauer des Gefängnisses entlang bis zum Kiesweg, der zum Wohnhaus des Direktors führte. Drüben im Wirtshaus brannte noch immer Licht. Die Gäste waren nicht nach Hause gegangen, und Leon war sicher, daß sie alle vor Neugier fast platzten.

Was ihm Zachary McClendon verraten hatte, wußten die guten Leute nicht. Er war kein Schwätzer, dieser Mann, der im Krieg so schlimm verstümmelt worden war. Er hatte Leon bereitwillig Auskunft gegeben, und Leon hatte sich angestrengt, seine gurgelnden Laute zu verstehen. Danach wußte er Bescheid, und er fragte sich nur, warum er nicht schon bei seinem ersten Besuch hier sicher gewesen war, daß Miß Brown die Tochter des Direktors war. Vielleicht, weil Folian einen so seriösen Eindruck auf ihn gemacht hatte. Oder weil er sich so oder so keinen Reim hätte machen können. Nicht bis jetzt, und er hoffte nur, daß es nicht schon zu spät war.

Es war nach Mitternacht, als Leon den Türklopfer betätigte. Die Schläge hallten hohl durch die Nacht. Niemand rührte sich. Im Haus blieb es dunkel.

Leon drückte die Klinke nieder. Überraschend gab die schwere Eichentür nach, und er betrat die Halle dieses alten, herrschaftlichen Hauses, das früher einmal die Abtei des Klosters gewesen war.

Kühle Dunkelheit umfing Leon. Er drückte die Tür hinter sich sanft ins Schloß. Durch die hochgelegenen Fenster fiel Mondlicht. Allmählich gewöhnten sich seine Augen an die Dunkelheit, und er vermochte Umrisse wahrzunehmen, eine Treppe, die ins obere Stockwerk führte, eine Bronzestatue am Fuße der Treppe, Bilder in schweren goldenen Rahmen, kunstvolle Gobelins und altenglische Möbelstücke. Leon befand sich in einer eleganten Halle, deren Marmorfußboden mit teuren Teppichen ausgelegt war.

Leon hatte die Wahl zwischen vier Türen. Eine führte in die Küche und in die Diensträume, die zweite in einen langen Flur, der an der Hintertür endete. Das drittemal hatte er Glück. Er öffnete die Tür und betrat einen großen getäfelten Raum, der zweifellos als Büro, Studierzimmer und Bibliothek diente. Die Regale waren voll mit Büchern. Vor dem Doppelfenster stand ein schwerer Schreibtisch mit einem Drehsessel. Auf dem Schreibtisch lagen Papiere wahllos durcheinander. Es sah aus, als hätte jemand mitten in der Arbeit aufgehört.

Leon versuchte die Schubladen. Sie waren nicht abgeschlossen. In der mittleren Schublade fand er einen Revolver. Er entfernte vorsichtshalber die Patronen und legte ihn auf die Akten zurück. In einer anderen Schublade stieß Leon schließlich auf das, was er gesucht hatte. Sorgfältig in einem Ordner aufbewahrt, waren die Akten über die Krankheitsfälle im Gefängnis, mit Namenlisten der kranken Gefangenen, Art der Erkrankung, Diagnose und Art der Pflege. Hier, in diesem Ordner, hoffte Leon die Beweise für ein Verbrechen zu finden, für das noch niemand bestraft worden war. Leon zündete die kleine Bürolampe auf dem Schreibtisch an und machte sich daran, die Akten durchzusehen. Fast eine halbe Stunde arbeitete er ungestört. Dann hob er den Kopf, aber es war zu spät. Die Tür flog auf, und im Rahmen stand Mr. Folian, der Direktor des Gefängnisses. Fassungslos starrte er auf den Schreibtisch, an dem ein ungebetener Gast saß, und alles Blut wich aus seinem Kopf.

»Was . . . was zum Teufel ist denn hier los?« rief er aus. »Kein Mensch hat das Recht . . .« Er brach jäh ab, und seine Hand fuhr zur Brust. Es schien, als kriegte er plötzlich zu wenig Luft. Er taumelte und suchte mit einer Hand nach irgendeinem Halt. Leon sprang sofort auf. Er kam gerade noch rechtzeitig, um den alten Mann davor zu bewahren, zusammenzubrechen.

»Bleiben Sie schön ruhig, Mr. Folian«, sagte Leon, und er schleppte den Mann zum Schreibtisch, wo er ihm half, sich auf dem Drehstuhl niederzulassen. Folians Atem ging keuchend. »Allison«, preßte er mühsam hervor. »Rufen Sie Allison!«

»Ihre Tochter ist nicht im Haus, Mr. Folian«, erwiderte Leon. »Kann ich Ihnen helfen?«

»Meine Tropfen!« Folian hob den Kopf. »Oben. Auf dem Nachttischchen.«

Leon verließ den Raum und rannte die Treppe hinauf. Im großen Schlafzimmer des alten Mannes fand er auf dem Nachttisch ein kleines Fläschchen, das Herztropfen enthielt. Leon beeilte sich, in das Büro zurückzukehren. Mr. Folian saß nicht mehr auf dem Stuhl. Er lag am Boden und rang nach Luft. Leon kniete bei ihm nieder und träufelte ihm die Tropfen in den Mund. Dann fing er an, die Herzgegend des alten Mannes zu massieren, und er arbeitete in wilder Hast, bis ihm der Schweiß aus allen Poren brach.

Nach einer Weile schien sich Mr. Folians Zustand zu bessern. Sein Atem wurde ruhiger, sein Puls regelmäßiger. Leon richtete sich auf und wischte sich den Schweiß von der Stirn. »Wenn Sie wollen, trage ich Sie hinauf in Ihr Schlafzimmer«, sagte er.

Mr. Folian hob den Kopf und streckte Leon seine magere Hand entgegen, die feucht und kalt war. Leon half ihm hoch, und der Direktor setzte sich in den Drehstuhl. Aus Augen, die in tiefen Höhlen lagen, das Gesicht blaß und mit glitzerndem Schweiß bedeckt, blickte er Leon an, als hätte dieser sein Leben zerstört.

»Sie sind hergekommen, um Allison festzunehmen, nicht wahr?« fragte er leise, und jedes Wort schien ihm mehr als nur Mühe zu bereiten.

»Ich bin nicht berechtigt, jemanden zu verhaften, Mr. Folian«, sagte Leon. »Aber ich bin sicher, daß Inspektor Dearborn sich bemühen wird, sobald er erfährt, was los ist.«

Mr. Folian senkte den Kopf. Das schüttere graue Haar klebte in seiner Stirn. Er atmete tief ein, und als er den Kopf wieder hob, schienen die Blicke seiner fiebrigen Augen durch Leon hindurchzugehen.

»Sie hätten mich sterben lassen sollen, Mr. Gonsalez«, sagte er, und Leon wußte, daß er es ernst meinte.

Für Mr. Folian brach die Welt zusammen, die er allein zum Schutze seiner Tochter aufgebaut hatte. Er wußte schon lange, daß John Letheritt sie erpreßte, und obwohl sie ihm nie gesagt hatte, was damals geschehen war, als einer der Gefangenen auf dem Operationstisch starb, ahnte er doch, daß Allison die Hand im Spiel gehabt hatte.

Jetzt war er ein geschlagener Mann, der kaum mehr die Kraft hatte, die Tränen zurückzuhalten, während er mit Leon Gonsalez zusammen auf die Rückkehr seiner Tochter wartete.

Leon hatte ihm gesagt, daß er Bennett, den Nachtwächter, betäubt im Wärterhaus vorgefunden hatte und daß vermutlich einer der Gefangenen diese Nacht außerhalb der Gefängnismauern verbracht hatte. Auch mit dieser Neuigkeit konnte er den Gefängnisdirektor nicht mehr überraschen.

»Es handelt sich um den Gefangenen Joe Lenthall«, sagte er müde und ohne Leon anzusehen. »Lenthall glaubt, daß er ihr verpflichtet ist, nachdem sie ihm wahrscheinlich das Leben gerettet hat. Der Mann hatte ein fast hoffnungsloses Lungenfieber, und sie tat alles, ihn dem Tod zu entreißen.« Mr. Folian beugte sich vor, und jetzt sah er Leon an. »Sie hätte eine gute Ärztin werden können, Mr. Gonsalez. Sie ist intelligent, und früher hatte sie das Bedürfnis, kranken Menschen zu helfen. Dann starb ihre Mutter, und sie konnte nie darüber hinwegkommen, daß die Ärzte sie nicht hatten am Leben erhalten können. Ihre Mutter starb an Krebs.«

»Das war, nachdem sie das Studium bereits aufgegeben hatte, nicht wahr?«

»Ja. Richtig. Sie hörte wegen John auf. Weil er fertig war und hier die Anstellung kriegte. Sie entschlossen sich, beisammen zu bleiben, und eigentlich hätte alles gutgehen können.«

»Bis sich Ihre Tochter entschied, schnell reich zu werden.«

»Bei einem Streit in der Gefängnisküche verletzte einer der Gefangenen einen anderen schwer mit dem Messer.«

»Gordon Mills.« Leon tippte auf ein Blatt Papier, das er bei den Akten vorgefunden hatte. »Ein bekannter Bankräuber, dem beim letzten Überfall mehr als fünfundzwanzigtausend Pfund in die Hände gefallen waren. Bei seiner Verhaftung wurde nur ein Teil der Beute sichergestellt. Der Rest, über vierzehntausend Pfund, wurde nie gefunden. Ich erinnere mich genau an den Fall, Mr. Folian. Die ganzen Zeitungen waren voll.«

»Gordon Mills war schwer verletzt. Er verbrachte Wochen im Lazarett. Allison wich kaum von seinem Bett. Tag und Nacht wachte sie, und tatsächlich verbesserte sich sein Zustand. Er hatte immer noch innere Blutungen, aber er fühlte sich besser. Ich weiß nicht, warum er ihr verraten hat, wo er den Rest des Geldes versteckt hatte, aber ich bin sicher, daß er es aus freien Stücken tat. Vielleicht aus Dankbarkeit.«

»Oder aus Liebe.«

Mr. Folian seufzte. »Ich weiß es nicht. Ich habe Allison nie danach gefragt. Er starb plötzlich. Allison gab ihm eine falsche Spritze. Da sie keine fertig ausgebildete Ärztin war, hätte man wahrscheinlich John Letheritt verantwortlich gemacht. Aber auch Allison wäre zumindest wegen fahrlässiger Körperverletzung vor Gericht gekommen.«

Der alte Mann brach erschöpft ab. Die Erinnerung schmerzte. Er wischte sich die Augen aus.

»John Letheritt deckte Allison, indem er auf dem Totenschein eine falsche Todesursache angab, nicht wahr?«

»Ja. Er war überzeugt davon, daß sich Allison in dem Mittel vergriffen hatte.«

»Danach hatte Allison plötzlich Geld. Und in der Stadt tauchten Geldscheine auf, die aus dem Bankraub stammten. Die Zeitungen berichteten darüber. John mußte etwas vermutet haben, und er stellte Allison zur Rede. Wahrscheinlich fühlte sich Allison in die Enge getrieben, und sie entschloß sich in ihrer Angst, John Letheritt zu beseitigen. Sie glaubte, daß er aufhören würde, sie zu beschuldigen, wenn er selbst Schuld auf sich geladen hatte. Bei einer kleinen Operation assistierte sie ihm. Der Patient starb. Herzversagen. Bei der anschließenden Untersuchung und Obduktion stellte sich heraus, daß John Letheritt einen Fehler gemacht hatte. Die Arztlizenz wurde ihm entzogen, und er verlor die Stelle als Gefängnisarzt. In der nachfolgenden Zeit verkam er. Er wußte, daß Allison ihn betrogen hatte, aber er sah keine Möglichkeit, sich zu rehabilitieren, ohne Allison dem Gesetz auszuliefern. Den Rest der Geschichte kennen Sie, Mr. Folian. John Letheritt verfällt dem Alkohol und dem Opium. Schließlich beginnt er Allison zu erpressen. Er hat Briefe in seinem Besitz, aus denen eindeutig hervorgeht, was geschehen ist. Und er hat die Durchschrift eines Rezeptes für ein tödliches Nervengift, das mit seiner gefälschten Unterschrift versehen ist und von Allison eingelöst wurde. Es geht alles haargenau aus diesen Akten hier hervor, Mr. Folian.«

»Ich weiß. Ich hätte diese Akten längst vernichten sollen.«

»Und warum haben Sie es nicht getan?«

»Weil ich glaubte, daß wir mit dieser Situation fertig werden würden, Mr. Gonsalez. Diese Akten sind mein Leben. Hier ist mein ganzes Werk in Worten festgehalten. Es gibt sonst nichts, was der Nachwelt erhalten bleiben könnte. Diese Mauern hier werden nicht mehr lange stehen.«

»Mr. Folian, können Sie sich vorstellen, warum Allison Joe Lenthall heute nacht mitgenommen hat?«

Der Gefängnisdirektor nickte. »Sehr wohl, Mr. Gonsalez«, sagte er, und noch einmal gewann seine Stimme an Kraft. »Sie war verzweifelt, nachdem John ihren Hund umgebracht hatte. Ich bin sicher, daß sie Lenthall auftrug, John zu töten.«

Leon Gonsalez ging zum Telefon.

»Und wissen Sie, wo sie sich treffen wollten?«

Folian schüttelte den Kopf. Leon nahm trotzdem den Hörer ab und rief Scotland Yard an. Er verlangte nach Dearborn, aber der Inspektor war nicht da. Auch Peter Roos nicht.

Leon hängte auf und rief zu Hause an. Er kriegte Poiccart an die Strippe.

»Irgend etwas Neues?« fragte er.

»Nichts, außer daß Manfred wohlauf ist«, sagte dieser. »Dearborn hat ihn aus der Klemme geholt. Jetzt feiern wir hier und warten auf deine Rückkehr. Hast du Gwenda erwischt?«

»Gwenda?«

»Deine Gwenda. Miß Brown.«

»Erstens ist Miß Brown nicht meine Gwenda, und zweitens heißt sie überhaupt nicht Gwenda«, gab Leon rauh zurück. »Gwenda war der Name, den sie John Letheritt angegeben hat, als sie sich zum erstenmal trafen. Von da an nannte er sie nur Gwenda, auch als er wußte, daß ihr wirklicher Name Allison war.«

»Allison Brown?« fragte Poiccart verständnislos. »Sag

mal, wann kommst du nach Hause, damit du uns alles erklären kannst.«

»Zum Frühstück«, sagte Leon und legte auf.

Es war noch dunkel, als Leon Motorengeräusch hörte. Er blickte zu dem alten Mann hinüber, der mit steinernem Gesicht am Schreibtisch saß.

»Ich lasse Sie jetzt allein«, sagte er.

Folian rührte sich nicht. Völlig abwesend starrte er geradeaus gegen die Wand.

Leon ließ ihn im Büro, schloß aber vorsichtshalber die Tür ab. Er verließ das Haus durch die Hintertür und ging in das Wächterhaus.

Bennett, der Nachtwächter, war noch nicht erwacht. Leon versteckte sich in der kleinen Toilette. Er hörte, wie das Auto vor dem Hauptportal des Gefängnisses anhielt. Sekunden später ging die Tür auf. Schritte ertönten. »Hier ist eine Scheibe eingedrückt«, sagte eine Männerstimme.

»Lieber Gott«, erwiderte Allison Folian.

»Bennett schläft tief«, sagte der Mann.

»Jemand muß die Scheibe eingeschlagen und die Tür aufgemacht haben«, erwiderte die Frau. »Vielleicht Vater.«

»Dann ist es ja nicht so schlimm«, sagte der Mann.

»Also, ich bringe Sie zurück in Ihre Zelle«, drängte Allison. Eilige Schritte entfernten sich. Leon verließ sofort die Toilette, machte die Verbindungstür zum Zellentrakt auf und sah die beiden Gestalten fast am Ende des langen Ganges. Der Mann verschwand in einer Zelle, und Allison Folian drückte die Tür zu. Sie hatte Mühe, die beiden schweren Eisenriegel vorzuschieben und dann abzuschließen. In irgendeiner der Zellen hustete ein Mann. Allison Folian kam den Flur zurück. Sie beeilte sich, und in ihrer Hast sah sie Leon erst, als sie schon beinahe vor ihm stand. Abrupt blieb sie stehen, und ihre Augen wurden riesengroß.

»Mr. Gonsalez . . .« stieß sie leise hervor, und sie wich ein paar Schritte zurück.

Leon lächelte. »Das ist eine Überraschung, nicht wahr, Miß Folian.«

Sie war kreidebleich geworden. Ihre linke Hand krallte sich in den Mantel.

»Was . . . was wollen Sie hier?« fragte sie.

»Fragen Sie lieber, wie ich darauf gekommen bin, Sie hier zu erwarten«, antwortete Leon. »Erinnern Sie sich an den Tag, als wir uns zum erstenmal begegneten? Sie nannten sich Miß Brown und Sie erzählten mir von John Letheritt, der Sie erpreßte. Nun, nachdem ich John Letheritt einen Besuch abgestattet hatte, war meine Neugier geweckt. Ich wollte wissen, mit wem ich es zu tun hatte. Ich wollte wissen, wer sich von einem Mann wie Letheritt erpressen läßt, denn ich vermutete, daß ein solcher Mensch kein reines Gewissen haben konnte.

Sie müssen zugeben, daß ich richtig vermutet habe, nicht wahr, Miß Folian?«

»Und wie sind Sie auf mich gekommen? Mein Vater . . . Hat mein Vater Ihnen von mir erzählt?«

»Sie unterschätzen Ihren Vater«, lächelte Leon. »Er hat seine Tochter mit keinem Wort erwähnt. Und trotzdem wußte ich, daß Ihnen Letheritt letzte Weihnachten nur hier begegnet sein konnte.«

»Wie das?« fragte sie mit herausgepreßtem Atem.

Leon wurde ernst. »Der Sänger in der Kirche«, sagte er. »Wie konnte ein Mann wie Letheritt am Weihnachtsfeiertag in einer Kirche singen, wenn nicht im Gefängnis. Ich kam darauf, als mir Ihr Vater die Kapelle zeigte. John Letheritt war letzte Weihnachten als Gefangener hier. Deshalb erwähnten Sie, daß Sie ihn in der Kirche sahen, obwohl er nicht eingeladen war. Mir fielen diese Worte ganz besonders auf, weil sie Ihnen mehr oder weniger herausrutschten. Sie erinnern sich bestimmt, nicht wahr?«

»Ich erinnere mich«, sagte sie, und ihre Stimme zitterte. »Was wollen Sie jetzt von mir?«

»Nicht mehr als mein Honorar, Miß Folian. Um Sie persönlich wird sich Inspektor Philander Dearborn von Scotland Yard kümmern.«

Allison Folian lachte auf. »Scotland Yard! Warum denn, Mr. Gonsalez? Ich bin doch das Opfer! John hat mich erpreßt und nicht umgekehrt.«

»Um die Erpressung geht es nur noch zweitrangig, Miß Folian. Ich glaube, man wird Sie des Mordes anklagen, und wenn Sie nicht einen besonders guten Anwalt und eine ganze Menge Glück haben, werden Sie nicht um die Höchststrafe herumkommen.«

Sie wußte, was die Höchststrafe in Großbritannien war. Für einen Moment starrte sie ihn an, als könnte sie die Welt nicht mehr verstehen.

»Hat Lenthall heute nacht John Letheritt umgebracht?« fragte Leon mit ruhiger Stimme. Und was er befürchtet hatte, geschah. Sie nickte. Langsam kehrte die Farbe in ihr Gesicht zurück. »Er hat den Tod verdient!« stieß sie leise hervor. »Er hat den Tod mehr als einmal verdient.«

»Dies zu entscheiden, wäre Sache des Gerichtes gewesen, Verehrteste«, sagte Leon Gonsalez kalt, und er packte sie beim Arm. »Kommen Sie, Ihr Vater erwartet Sie.« Er zog sie mit sich, und sie wehrte sich nicht.

Inspektor Philander Dearborn ließ es sich nicht nehmen, selbst nach Wilford hinauszufahren. Er kam bei Sonnenaufgang im Gefängnis an, und Leon erwartete ihn vor der Tür. An seiner Seite stand Bennett, der Nachtwächter, und noch immer hatte er Mühe, die Augen offenzuhalten.

Leon war überrascht, als auch Poiccart aus dem Dienstwagen stieg. »Ich konnte es zu Hause nicht mehr aushalten«, sagte er. »George läuft wie ein Verrückter im ganzen Haus rum und behauptet, er hätte den Weltuntergang überlebt. Dabei hat er nur Glück gehabt, daß unser Freund Snake-Eye den richtigen Mann erwischte und rechtzeitig dort anlangte, wo sich George eher unfreiwillig aufhielt.«

»Bewacht von einem Monster, das man einmal hier in diesem Gefängnis festgehalten hat, Gonsalez«, sagte Dearborn. »Harold Kessell ist sein Name. Er hat Lew Leveson umgebracht.«

»Auf Geheiß von John Letheritt.«

»Nein. John Letheritt hat ihm nur gesagt, daß er sich um den Gast kümmern sollte, der so spät in der Nacht ungebeten in seine Bude eindringen würde. Letheritt glaubte nämlich, daß Sie es sein würden, Gonsalez.«

»Oh.« Leon fröstelte. »Ein ungemütlicher Gedanke«, sagte er. »Eigentlich hatte ich zunächst vor, alleine hinzugehen.«

»Ich kann nicht sagen, daß ich Ihnen eine Träne nachgeweint hätte«, knurrte Dearborn. »Übrigens hat mich heute früh der Posten beim Westminster-Pier angerufen. Man hat dort Letheritt gefunden.«

»Tot?«

»Fast. Jemand hat ihn mit dem Messer übel zugerichtet, und entweder ist er in die Themse gefallen, oder er wurde hineingestoßen. Ein Penner hat ihn unter der Westminster Bridge an Land gezogen und sofort die Polizei alarmiert. Jetzt liegt er in der Intensivstation des St.-Thomas-Krankenhauses. Und wenn er Glück hat, kommt er durch.«

»Hat man den Täter erwischt?« Leon schmunzelte, als er Dearborn und Poiccart voran ins Haus ging.

»Noch nicht«, erwiderte Dearborn grimmig. »Aber es läuft eine Fahndung nach ihm. Der Penner hat alles gesehen und eine hervorragende Beschreibung des Täters abgegeben. Ich glaube nicht, daß es lange dauert, bis wir ihn haben.«

Leon erwiderte nichts darauf. Irgendwann würde Dearborn schon noch erfahren, daß sich der Täter bereits hinter Schloß und Riegel befand.

Oben, im Schlafzimmer ihres Vaters, saß Allison Folian am Bettrand. Sie blickte auf, als Leon eintrat. Als er ihr sagte, daß John Letheritt am Leben war, huschte ein schwaches Lächeln über ihr schmales Gesicht. Sie beugte sich über ihren Vater und küßte ihn, bevor sie auf Inspektor Dearborn zuging, der neben Leon eingetreten war. »Mein Vater ist eben gestorben«, sagte sie leise. »Herzversagen.« Dann brach sie in Tränen aus, und Dearborn sah sich hilfesuchend nach Leon um, während er einen Arm um sie legte.

Leon hatte sich abgewandt. Er ging langsam die Treppe hinunter, verließ das Haus durch die Hintertür und ging zur Kirche hinüber. Die Tür war nicht abgeschlossen. Er setzte sich auf die hinterste Bank, und er wünschte in diesem Moment, er hätte damals den Fall nicht angenommen, als das Telefon klingelte und ihn eine junge Frau um eine Unterredung bat.

Edgar Wallace

Nacherzählt von Alex Barclay

Das Silberne Dreieck und Die Dame aus Brasilien

Junge Amateurdetektive sollten auch nach diesem Band fahnden. Vielleicht merken sie eher als der ewig verschnupfte Inspektor Dearborn, wer der Täter ist. Schon schwieriger wird es sein, das Kombinationstalent des Silbernen Dreiecks zu übertreffen. Aber Spaß und Spannung sind zwei Ergebnisse, die sich bei der Lektüre auf jeden Fall einstellen werden.

C. Bertelsmann Jugendbuch

Edgar Wallace
speziell für
Kinder als Hörspiele 12 x
auf LP + MC vom
»Hexer bis zum Zinker«!
maritim
FOLGE 3
Edgar Wallace
DER HEXER
Kriminal-Hörspiel nach
dem berühmten Roman von
EDGAR
WALLACE
...für
Kinder
EXCLUSIV
VON
maritim
Es ist unmöglich, von
Edgar Wallace nicht
gefesselt zu sein!
G+J
Ist die LP/MC im Handel vergriffen,
wenden Sie sich an: Gruner + Jahr AG & Co.,
Bereich Tonträger · Fontenay 11
Postfach 30 20 40 · 2 Hamburg 36